今日もぼっちです。2

蒼助

集英社

まえがき

僕はナンパな男です。

学生時代、道行く人に声をかけてデートに誘う、いわゆる「ナンパ」と呼ばれる行為をするかしないか、といった話題になった時、僕は断固「しない」と言っていましたし、人生で一度もしたことはありません。

チャラチャラした人が自分の欲求を満たしたいがために、相手の迷惑も顧《かえり》みず片っ端から声をかけて回る非常に不純な行為であると認識していました。

しかしある日、街中を歩いていて、交差点の向こう側にとても綺麗《きれい》な方をお見かけした時、そしてすれ違い、遠くへ離れていった時にふと思ったのです。

(……ナンパというのは、ひょっとしたらある側面においては理に適《かな》った方法なのか？)

僕はあの綺麗な方と、おそらくこの先一生出会うことはないでしょう。

しかし、もし声をかけていれば？

本来ならば一生会わなくなる人物との繋《つな》がりを持つ可能性が生まれたかもしれません。

ナンパとは、絶対に出会うことのない点と点を自らの手で結ぶという行為であるのかもしれない、と思ったのです。

もちろんこれは、ナンパをする側の意見のみを都合よく抽出《ちゅうしゅつ》していて、ナンパをされる側の意見は完全無視、された側の嫌悪感や恐怖心を全く考えていないので、結局僕は今後もこの方法を選択することはないでしょう。

そんな僕は、ホーム社文芸図書WEBサイト「HB」での二回目のエッセイ連載「続　ところにより、ぼっち。」を始めることになった時、少し頭を抱えていました。

「もうそんなに語れる過去がないかもしれない……」と。

こんなぶっちゃけた話を聞かされても困惑するだけだと思いますが、それもそのはず、僕の人生で起こった「ぼっち体験」に関しては、最初の連載「ところにより、ぼっち。」（単行本『今日もぼっちです。』に収録）でおおよそ出しつくしてしまっていたのです。

あの時に二回目の連載があることを知っていれば、もっとエピソードを勿体《もったい》ぶって小出しにしたり、「この件に関してはまた次の連載で……」みたいに巧みに二回目の連載に繋げたりと色々節約できたかもしれません。

しかし、最初の連載に全力を注いだからこそ、この二回目の連載に繋がったという見方もできますし、何より出してしまったものを引っ込める術《すべ》はないのですから、新たな気持ちで二回目の連載に集中していかなければなりません。

過去の思い出には限度があります。例えば小学校の思い出をこれ以上増やすことはできません。

だから、今回の連載では積極的にエッセイの材料を探しに行くことにしました。

ネタを求めてお出かけ——というと、どうにも格好がつかなく感じてしまうのは、この年になっても僕が「天才」に憧《あこが》れているからかもしれません。

思い出というネタが湯水のように湧《わ》き出て、苦労もせずに連載を続けられる……そんな天才性を発揮できればよかったのですが、どうやら僕は凡才だったようで、きっちりと苦労しています。

また、エッセイのネタのためにやってるんです、という理由が、ちょっと不純な動機にも感じてしまいます。偶然アクシデントに遭遇《そうぐう》し、かつそれがとても面白いものだった、というのが最高の形なのですが、その偶然をわざと狙っていくような気がして躊躇《ためら》われました。

しかし、実際に積極的にネタを探しに出かけたところ、これが非常に良い体験の連続でした。

誰しもが「些細《ささい》な願望の欠片《かけら》」みたいなものを抱える瞬間があると思います。

「ちょっとやってみたいけど、まあでも時間がないか」とか「さすがに何も知らないからちょっと勇気がでないし、まあそこまでのものじゃないか」なんて感じて、改めて目を向けることのない「些細な願望の欠片」。

そんな願望の欠片に、「でもエッセイのネタになるかもしれない」と背中を押してもらえたのは、非常にありがたいことでした。

別角度からの見方というのでしょうか。

当初は「ちょっと不純な動機かなぁ」なんて思っていたのですが、少し別の場所に回ってみると、まるで違った風景が見えてくるのです。

先に挙げたナンパとネタ探しは同列に並べるものではないかもしれませんが、本来ならば一生出会わないであろう物事との出会い、という面において、僕の中で一致しました。

だから僕はナンパな男というわけです。


この本は、そんな僕の二回目の連載と書き下ろしエッセイ三本をまとめたものです。

果たして僕がどんなナンパに成功したのか――。

是非楽しんでいただければと思います。

目次

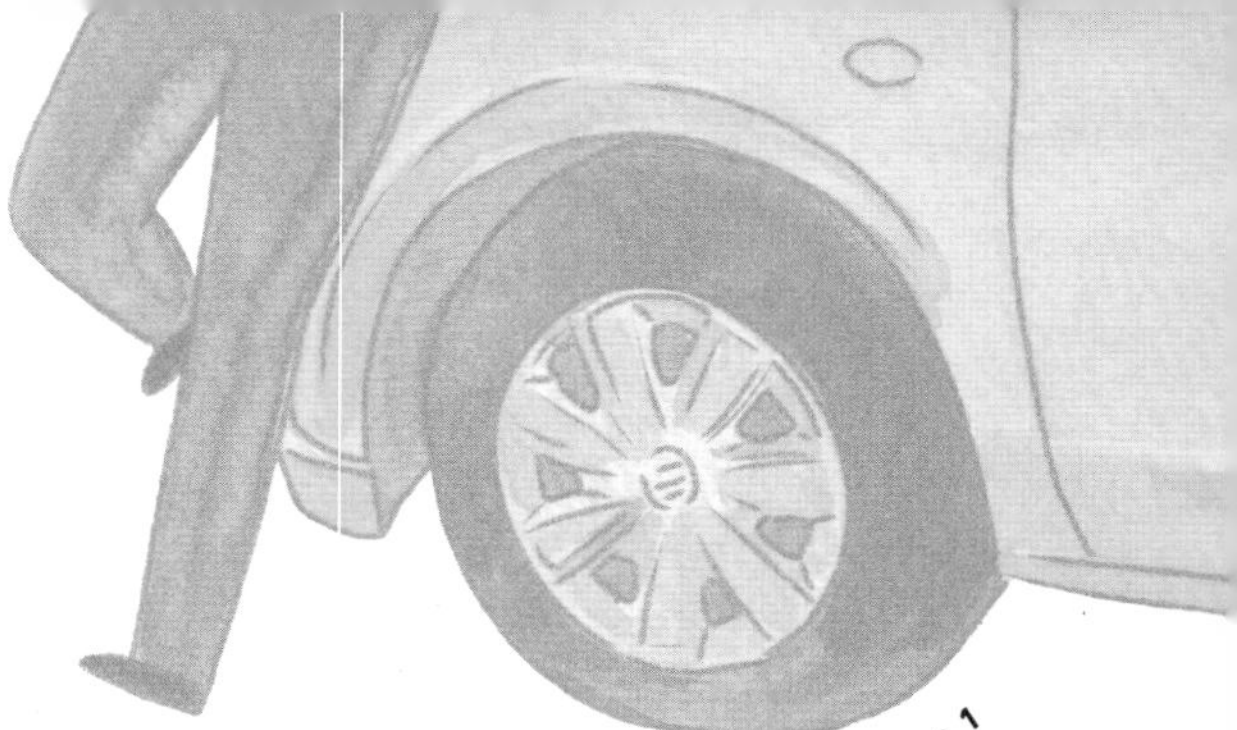

装画・挿画　山本さほ
装丁　名和田耕平デザイン事務所

今日もぼっちです。2

改めて、ぼっちです。

お久しぶりです。作家の賽助です。

二〇一九年三月から約一年間、『ところにより、ぼっち。』というタイトルで、自分がいかに「ぼっち」であったかというエッセイを書かせていただきました。

かなり自虐めいた内容ではありましたが、読んでいただいた方から「共感できた」「共感はできなかったけれど面白かった」など、様々なご感想をいただき、一年間書き続けられてよかったと思うと同時に、「ぼっち」であることも楽しんでもらえるのだなあと改めて感じた次第です。

さて、そのエッセイの連載は無事に終了したのですが、連載当初には予想もできなかった新型コロナウイルス感染症が蔓延《まんえん》し、今（二〇二一年十月）なお、世界中がコロナ禍《か》に見舞われています。

一時期こそマスクの供給不足で戦々恐々としておりましたが、家にマスクが常備してあるのはもはや当たり前で、うっかりマスクをし忘れて外に出た日には、大慌《おおあわ》てで顔を覆《おお》いなが

ら帰宅することもありました。

他人と距離を取り、集団での行動は避けるべきとされました。「三密」「ソーシャルディスタンス」という言葉が世間を賑《にぎ》わせ始めたのも大分前と感じてしまうほど、僕らは長い間、コロナという災禍に見舞われています。

僕は作家以外にもゲーム実況者という側面を持っておりますが、そのどちらもがほとんど人に会うことなく作業ができるものだったので、幸いにして、他の職種、趣味に比べると、そこまで大きな影響はありませんでした。

ただ、僕が所属していた和太鼓《わだいこ》グループに関しては、このコロナ禍による影響で活動休止という状態になりました。

人を集めての本番ができなかった、そもそも練習をするための稽古場《けいこば》が長らく貸し出しを中止していた、というのも大きな理由ではありましたが、何よりグループメンバーそれぞれが、いわば趣味の活動である和太鼓よりも、まずはそれぞれの本業を優先させなければならなくなったからです。

様々なイベントが中止され、宿泊のキャンセルが相次ぎ、観光業・ホテル業は大打撃を受けていますが、メンバーの一人に宿泊業に従事していた男がおり、彼もまたコロナ禍の影響を受け、今もなお大変苦労しているようです。

また、メンバーの中には、生活をしていくために俳優業を廃業する決断をした人もいて、改めてコロナが人々に与えた影響を感じてしまいました。

とても残念ではありましたが、致し方ありませんでした。

それ以外では、例えばリモートワークが推進されたことによる弊害《へいがい》もほとんどないかと思ったのですが、一つ、とても寂《さび》しいことがありました。

昨年（二〇二〇年）夏、僕が作家としてデビューした出版社の担当Hさんが、その出版社を離れることになったという報告があったのです。

僕を作家として最初に評価してくれたのもHさんですし、デビューしてからずっと二人三脚でやってきたので、その報告を受けた時は「あ、なるほどそうなんですね」と平静を保っていたものの、やはりショックでした。

ご時世的に送別会などを開くこともできず、引継ぎも含めた最後の挨拶《あいさつ》もオンライン通話会議で、とてもアッサリとしたものになりました。

ひょっとしたら、今までの苦労話など、もっとしっかりお話をする機会を持つべきだったのかもしれません。

ただ、長らくぼっちで過ごしてきたせいか、また、誰かと離れる時は縁を切るようにして離れてしまうことが多かったせいか、ちゃんと「お別れ」をした経験に乏《とぼ》しく、どういう雰《ふん》囲気《いき》にするのが正解か全く分からなかったのです。

結局僕はもごもごと口ごもったまま、淡々と引継ぎ作業を終えました。

ただ、Hさんも会社を離れたとはいえ、また出版業界でお仕事をされるようなので、機会があればご一緒することもあるかもしれません。次のお仕事先は経済紙らしいので、ちょっと今の僕の知識や文体では、機会に恵まれなさそうではありますが……。「ぼっちと経済」みたいなテーマでどっしりとした文章が書けるようになった時には、またHさんを頼ろうかと思います。

コロナ禍という未曽有《みぞう》の事態に翻弄《ほんろう》されつつも、世間が少しずつ活動を再開するにつれ、「ぼっち」で行動することの良さみたいなものが方々《ほうぼう》で取り上げられるようになりました。

驚くことに、こんな僕にも新聞社から取材の依頼があり、僕は恐縮しつつも、「ぼっち」であることの楽しさや、現代における「ぼっち」の在《あ》り方などを語ったのですが、ふとそこで、自分はそこまで「ぼっち」を堪能《たんのう》できているのだろうかと感じたのです。

例えば、一人で旅に行ってみたいと前々から思っていたし、一人でスポーツ観戦をしてみたいと感じていたのですが、ちょっと時間が取れないとか、実はそこまで楽しめないかもしれないなどと言い訳を考えては、色々な欲求を封じ込めていました。

折角《せっかく》だから、これを機にもう少し「ぼっち」の道を進んでみるのはどうだろうか？

今回、こうして再びエッセイ連載（『続　ところにより、ぼっち。』）の依頼をされた時、そんな願望が僕の頭を過《よぎ》りました。

しかし同時に「やめておけ」という内なる声も聞こえます。

それ以上進んだら、戻れなくなるかもしれないぞ——と。

確かに、これは茨《いばら》の道なのかもしれません。

しかし、まだ僕が見たことのない、「ぼっち」でしか見ることのできない景色を眺《なが》めてみたいという欲求が頭を離れません。

自分の中で意見が分かれた時、それで怪我《けが》をするわけではないのなら、僕はなるべくやってみる方向に舵《かじ》を切るようにしています。

もちろん、毎月チャレンジできることではありませんでしたし、「ぼっち」ではない瞬間の出来事を認めることもありましたが、どうぞお付き合いいただけましたら幸いです。

夏らしいこと

皆さんにとっての「夏らしいこと」とは何でしょう？

例えば、家族や友人と海や山へ出かける、お爺《じい》ちゃんお婆《ばあ》ちゃんが住んでいる田舎《いなか》へ帰省する、あるいは好きなバンドが出演する音楽フェスに出かけるなど、「夏らしいこと」の形は人によって様々かもしれません。

「今年の夏こそ、夏らしいことをしよう！」

僕は毎年、夏が来るたびにそう思っています。

四季の中で夏が一番好きなので、夏という季節を存分に味わいたいのです。

「でも今日は暑いから……やめておこう」

「でも明日は今夏で一番暑いらしいから……やめておこう」

「でも今年は例年以上に暑いらしいから……」

こうして結局何もしない夏がいったい何度続いたことでしょう。

先延ばしにし続けていたら、昨年（二〇二〇年）からは新型コロナウイルス感染症の蔓延《まんえん》

なってしまいました。

により、不要不急の外出は控えねばならず、大手を振って夏を楽しむということができなくなってしまいました。

二〇二一年の今年、僕は「夏らしいこと」ができるのでしょうか？

そして、今できる「夏らしいこと」とは何なのでしょうか？

僕の思い描く「夏らしい」は、家族や友人たちと海や山へ出かけることではありません。

例えばそう、少し遠出の小旅行。

夏の高い雲の下、田舎道の路肩に置かれた大きめの石に腰かけながら、短い編成の電車が行き過ぎるのを横目に、水滴が滴《したた》る缶コーヒーを飲む……。

ただなんとなく頭に思い浮かべている光景なので、具体的にどこを指しているわけでもありませんが、こんな感じで夏を感じたいと思っていました。

僕はどこへ行くにも「ぼっち」で行動するのが好きなので、声を発することもなければ、密になることもありません。つまり性根からして新型コロナウイルスへの対策ができているわけです。

それでも、極力他人と接触せずに行動すべきなのは間違いありません。

どこに行くかも決めていませんが、少なからず遠出をするつもりなのですから、まず「移動手段」について考えるべきでしょう。

電車移動よりも車移動のほうが、他人と接触する機会はより少なくなります。

それに車であれば、駅から離れた場所でも構わず広範囲に移動できるようになりますし、電車の時間も気にしなくてよくなります。

ガソリンスタンドもセルフ式のものが多くなってきていますし、限りなくぼっちの状態で旅ができる可能性が高いです。

このご時世、車移動のメリットはすこぶる大きいと考えてよいでしょう。

そして、僕は車の運転免許を持っています。

しかし、車を所持してはいません。

運転免許を取得したのは大学一年生の時ですから、もう二十三年前になります。

短期集中の合宿ではなく、埼玉県の浦和《うらわ》中央自動車教習所に通いつめて取得しました。平成十九年に施行された道路交通法改正以前に取得したものなので、僕は車両総重量八トン未満のトラックを運転することができます。

今のところ、そこまで大きなサイズのトラックを扱ったことはありませんが、学生時代に一度、知り合いの劇団の手伝いで大道具を運搬するために四トントラックを運転したことがありました。

アルバイト料に惹《ひ》かれたのか、はたまた気が大きかったのか……軽い気持ちで引き受けましたが、まるっきり後方が見えないことに怯《おび》え、車高の高さに怯え、結果、交差点でエンストしてしまい、泣きそうになりながら運転していたことを覚えています。

それから今までの期間ずっと乗り続けていたのならば、僕はかなりのベテランドライバーなのですが……実のところ、ここ十二年ほど車を運転していません。

最後に運転したのはいつだったろう……と記憶を遡《さかのぼ》ってみたのですが、全く覚えていないのです。いわゆる「ペーパードライバー」という状態。

ペーパードライバーが車を運転してはいけないという法律はないと思いますが、しかし、いきなりの運転はかなり怖いものです。そもそも怖いと思っていたからこそ、ずっと運転をしないように暮らしていて、気が付けば十二年ほど経《た》っていたわけです。


車で移動したい。

けれど、いきなりの運転は怖い。


つまり、運転がいきなりじゃなければいいのです。

しっかり運転の練習をすれば、芽生えた恐怖心も和《やわ》らぐことでしょう。

方針が決まりました。

我ながらなかなか迂遠《うえん》な道のりだとは思いますが、焦《あせ》って近道をして怪我《けが》をするよりはよほどましなはずです。運転の練習方法として思い浮かぶのは、例えば運転慣れしている人に横に座ってもらい、公道ではない場所で練習するという方法です。

では、その横に座ってもらう人を誰にするかという問題ですが――どうせならばその道のプロに教えてもらったほうがより安心できるのは間違いないでしょう。

プロの運転技術指導者といえば、これは間違いなく自動車教習所の教官でしょう。

しかし、免許を取得した者がもう一度教習所に行って、教官に教えてもらうことができるのでしょうか？

調べてみたところ、自動車教習所の講座の中には「ペーパードライバー講習」なるものがあることが分かりました。その名の通り、長い間運転から離れてしまった人が改めて運転技術を習得するというもののようです。

これこそが、今の僕に、僕の夏に必要な講習に違いありません。

早速インターネットで近所の教習所をチェックしてみたのですが、コロナ禍《か》の影響なのか、一時的にペーパードライバー講習を中止している教習所が数多く見られました。

それでも根気よく探していると、自宅から電車を乗り継いで三十分ほどの場所に、ペーパードライバー講習がある教習所を発見しました。

すぐさま電話を手に取り、その教習所に連絡。後日、僕は講習費用の二万六千円を握りしめて、その教習所に向かうことにしました。

まるで夏が僕を手招きするかのように、みぃんみぃんと蝉《せみ》が鳴いています。

「夏らしいこと」に向かって、僕は進み始めました。

ペーパードライバー講習

「ペーパードライバー講習」の手続きのため、自動車教習所へ向かいます。

二十年以上前、僕は地元の埼玉にある教習所に通って免許を取得しましたが、まさか再び通うことになるとは思ってもみませんでした。

そもそも、「何かを学びにどこかへ通う」ということ自体が久しぶりです。

子供の頃は、剣道やスイミング、書道や音楽などなど、様々な教室に通わせてもらってはすぐにやめてしまっていましたが、成人してから通ったのは、僕の記憶では「自動車教習所」以外だと「タップダンス教室」だけです。

この「タップダンス教室」は、学生時代、まだ役者を目指していた頃、芸の幅の広い役者になるため、さらに言えば唐沢寿明《からさわとしあき》さんのようになるべく通い始めたのですが、計三回でやめてしまい、僕の人生の「ほぼ何も身に付かなかった習い事」の中でもかなり上位に位置しています。

その教室で学んだことは「タップダンスは足首が疲れる」ということだけでした。

自宅から電車を乗り継いで三十分ほどの場所に目的の教習所はあります。

中に入ると、待合室には数名の人たちが長椅子《ながいす》に座って時間を潰《つぶ》していました。奥の壁にはモニターが一つかかっていて、静かな音でテレビ番組が流れています。

以前僕が通っていた教習所とは違う場所ですが、懐《なつ》かしい感じがしたので、どこも似たような構造なのかもしれません。

手続きの際に話を聞いたところ、昨今ペーパードライバー講習はかなり人気のようで、なかなか予約が取れないようです。その理由はやはりコロナ禍《か》にあるらしく、都心から郊外へ移り住むので、今までは必要ではなかったけれど、再び車に乗ろうと考えている人が増えているらしいです。

ともあれ手続きは滞《とどこお》りなく終わりました。

基本的には計三回の講習ですが、もし不安な場合、料金を支払えば追加で講習を受けることができるそうです。

実際に講習の予約ができたのはそれから一週間後、「ここなら一《ひと》コマだけ空《あ》いている」と言われた日時に無理に予定をねじ込む形になりました。

そして、自分でも驚いたのですが、講習の日が近づくにつれて行きたくない気持ちが高まってくるのです。

面倒くさいというわけではありません。

何かミスをしてしまうのではないか、それで怒られるのではないか……という不安が日に日に募《つの》ってくるのです。

思えば子供の頃に通っていた習い事や部活、数々のアルバイト、学生時代のゼミや劇団と、常に「怒られそうだから行きたくない」という感情と隣り合わせで生きてきた僕ですが、まさか四十歳を超えてもこの感情が湧《わ》き出てくるとは思ってもいませんでした。

「君、あまりにも運転が下手《へた》過ぎるから免許はく奪！」などとはさすがに言われないと思うのですが、十二年のブランクがどれほどのものか、自分でも分からないのです。

教習所のことを考えようが考えまいが時間は経過するもので、あっという間に講習当日。

「この夏だけじゃなくて、今後の人生が豊かになるかもしれないのだから……」と自分を奮い立たせ、教習所へと向かいました。

僕が通う「ペーパードライバー講習」の受付は、教習所内の端にある建物にありました。

時間になると、担当の教官がやってきます。

柔和《にゅうわ》な面持《おもも》ちの女性の教官でした。

強面《こわもて》の屈強な教官だったら緊張するなと思っていたのですが、優しそうな教官もまた、何か逆鱗《げきりん》に触れてしまったら……と考えると少し怖いです。

そしていよいよ、ペーパードライバー講習が始まりました。

さっそく教習車に乗り込み、教習所内を右回り、左回りとゆっくり走行します。

十二年のブランクがあるにもかかわらず、アクセルとブレーキがどっちだっけ？　という
ような混乱もなく、驚くほどスムーズに運転することができました。

体が覚えている、ということなのでしょう。

教官もそう感じてくれているのか、特に注意をしてくることもありません。

僕は対向車線を走る教習車で緊張している生徒さんを眺《なが》めながら、心の中で「頑張れ」と
思う程度に余裕がありました。

そして、あっという間に教習時間が終了しました。

教官からも「問題なさそうですね」とのお墨付《すみつ》きをいただき、大満足の結果となりました。

次の講習から路上に出ると聞いて、行きたくない気持ちが再燃しかけましたが、それ以上
に久しぶりの運転は想像以上に楽しいものでした。

あと二回の講習を終えれば、ようやく夏を感じに出かける準備が整います。

どこへ行こうか、何をしようか、あれこれ考えるのはとても久しぶりのことでした。

ようやく僕の夏が近づいて——いや、僕は夏に近づいていきます。

教習車に乗って。

夏たちが待ってる

久しぶりの運転ということでかなり不安だったのですが、思いのほか感覚を覚えていたようで、初回の講習をかなりスムーズに終えることができました。

次は二《ふた》コマ連続の路上教習。運良く前回と同じ教官が担当となり、彼女の指示に従って繁《はん》華街《かがい》や細道と、町中をあちこち走ります。

比較的走行しやすい広い道路から一転して視界の悪い裏通り、踏切や陸橋、高架下《こうかした》など、一つの町にこんなにも色々な道路があるのだということを再認識させられます。

教習所内と路上とでは緊張感が全く違うので困難が予想されましたが、実際に講習が始まると、ミスというミスはほとんどなく、アッサリと講習を終えてしまいました。

あまりにもアッサリと終えてしまったので、もうこれで本番なのかと少し心配になってしまいます。もちろん追加で講習を受けることも可能でしたが、教官からも「問題なさそうです」とのお言葉を頂戴《ちょうだい》していたので、ここでペーパードライバー講習は終了し、いざ本番を迎えることにしました。

慎重であれば問題なく運転ができると分かった今、レンタカーを借りさえすれば、どこに行くのも自由です。

しかし、スケジュール的にこの夏に出かけられるチャンスはおそらく一度きり。どこに行くべきなのか、場所選びも自然と慎重になってしまいます。

「もし失敗したらどうしよう……」

「失敗ならまだいいけれども、何も感じない旅になってしまったらどうしよう……」

不安が頭をもたげます。

どこかに旅行するのにここまで悩んだことは今までないかもしれません。

思えば、今までの旅は何かしら明確な目的があったか、あるいは誰かに連れていかれたものばかりだったように思います。

自由を与えられると何も選べなくなる、というこの感覚を味わったのは久しぶりのことでした。

「夏らしいこと」とは何だろう、と改めて考え直します。

少し遠めの小旅行をしたいという気持ちに変わりはありませんが、「コロナ禍《か》」という情勢なので、なるべく他者と触れ合わずに行ける場所にしたいという感情も変わっていません。

例えば、珍しい鉄塔を見に行くのはどうだろう？

あるいは、場末《ばすえ》のアミューズメント施設を訪れてみる、なんていうのもいいのではないか？

色々な案が浮びましたが、結局、僕は墓参りに行くことに決めました。

僕の祖父や祖母が眠っているお墓です。

僕の家のお墓は埼玉県秩父《ちちぶ》市の霊園にあります。

子供の頃は父親が運転する車に乗って、家族に従妹《いとこ》も加わり、皆で墓参りに出かけたものでした。

その霊園には祖母の姉妹のお墓や従兄弟《いとこ》の家のお墓もあるので、一度訪れるだけで親族すべてのお墓を回れるという、かなり利便性の高い墓石群なのです。

しかし、僕が成長し、一人暮らしなどを始めるようになってからは、家族そろって墓参りに行くこともほとんどなくなりました。

ただ、三年ほど前に僕一人で電車に乗って墓参りに行ったことはあるので、それほど久しぶりというわけではありません。

それでも僕が墓参りに行こうと決めたのには理由があります。

家族で墓参りに行く際、車を運転するのは父親のみです。

母も運転免許は持っているのですが、運転は全くしません。聞いた話では、免許を取って意気揚々《いきようよう》と車を車庫から出そうとしたものの、車体を思い切り駐車場の壁にこすりつけ、父の車を傷だらけにしてから一切運転をしなくなったようです。

兄は免許を持っていませんし、弟の僕はブランクから車を運転しなくなっていました。

今はまだ元気に車を運転し、週末になれば母とともに大好きな浦和レッズの応援に出かけている父ですが、いずれは免許を返納する時が訪れることでしょう。

そうなると、今のままでは僕の家族は墓参りに行けなくなってしまうのです。

手入れがされない墓は荒れに荒れるでしょうし、そこで眠る祖父や祖母もどこかしらで荒れに荒れるでしょう。

なので、この夏に車でお墓参りに行くというのは、いずれ来る日への予行演習にうってつけです。

それに、秩父という場所は距離的にもほどよいですし、山もあれば川もある、僕が求める「夏らしさ」満載といえます。

夏と、祖父と祖母たちが待つお墓へ、レンタカーで向かいます。

僕の夏休み

長々と前置きをしてきましたが、いよいよ本番です。

事前に予約を済ませておいた、近所にあるレンタカー屋へ向かいます。

レンタルしたのは運転しやすそうな小型の乗用車で、当然のごとく一番良い補償プランを選択、ついでにレンタルのＥＴＣカードも付けてもらいます。

店員さんと車の傷の有無を確認したのち、いざ乗車。コンパクトタイプの乗用車ですが、一人で出かける分には十分過ぎる広さです。夏の終わりとはいえまだ気温は高く、冷房をきかせるためか、すでに店員さんが車のエンジンをかけておいてくれました。

「キーはドア横のポケットに置いてあります」

店員さんの説明を受けてそちらへ視線を向けると、手のひらサイズの長方形の物体がドア横のポケットに置かれていました。その物体の中央部にはドアを施錠《せじょう》するボタンと解錠するボタンが付いています。僕が借りた車は、エンジンをかける時にキーを挿《さ》して回すわけではなく、スタートボタンを押せばエンジンがかかる、いわゆるスマートキーと呼ばれるタイプ

のものでした。僕がまだ車を運転していた十二年前にもこのタイプの車はあったはずですが、実際にスマートキー機能が搭載《とうさい》された車を運転するのは初めてのことです。

若干《じゃっかん》、時代の流れに置いて行かれた浦島太郎状態になってしまいましたが、店員さんに気取《けど》られると恥ずかしいので、「なるほど、こういうタイプね」的なオーラを醸《かも》し出すことでどうにか紛《まぎ》らわせることに成功しました。

そして、いざ出発。

店員さんの視線もあるので、レンタカー屋の敷地から一般道路に出る瞬間が一番緊張しましたが、無事に車を発進させることができました。

それからはカーナビの指示に従い、ゆっくりと道を進んでいきます。目的地の霊園までの所要時間は、高速道路を使用しておよそ一時間半。途中、どこかのサービスエリアで小休《しょうきゅう》憩《けい》をはさむ予定です。

夏休みの最中《さなか》ということで混雑を覚悟していましたが、都内の道こそ多少混み合っていたものの、郊外へ離れていくと次第に交通量も減ってきて、高速道路の車の流れはとても快適なものでした。

カーオーディオはスマートフォンと無線接続をしているので、お気に入りの曲やラジオを流しながらのご機嫌なドライブです。

少し不安のあった高速道路も、これといったトラブルは発生せず、一番左の車線をのんびりと走ること数十分。目についた適当なサービスエリアにて昼食を摂《と》ることにしました。

大きめのサービスエリアには結構な数の車が駐車されていて、ソーシャルディスタンスを保ちつつも、それなりに賑《にぎ》わいを見せています。屋外には屋台も並んでいて、焼きそばやたこ焼きなどの香ばしい匂いに惹《ひ》かれてしまいますが、僕は屋内のラーメンを選択しました。

サービスエリアで食べる普通のラーメンは、どうしてあんなに美味《おい》しいのでしょう。

どんな有名店が出店するよりも、「あの普通の味」を欲している自分がいます。

腹ごしらえも終わり、屋外へ。夏も終わりに近づいているとはいえ、太陽はかんかんに照っていて、駐車場に向かう間にもダラダラと汗をかいてしまうほどでしたが、そんな暑さこそ夏の象徴。心なしか笑顔になってしまいます。

いざ再出発と車に乗り込み、エンジンスタートボタンを押しました。

目的地まではあと半分といったところです。しかし、どうしたことかエンジンがかかりません。ボタンを押すとパネルのランプは点灯し、確かに電気は通っているのですが、ハンドルはロックされたまま、アクセルペダルも硬くなっていて、踏み込めなくなっています。

嫌な予感が頭を過《よぎ》ります。

スピードメーターの下には様々な種類のランプがあるのですが、バッテリーマークが点灯しているのです。

（まさか、バッテリーがあがったとか……？）

僕は車内に置かれている車の仕様書を取り出し、対処法を探しました。

車の電力は入っているのですが、エンジンがかかっていないからか冷房はかなり弱く、車内の温度はみるみるうちに上がっていきます。

先ほどまでの爽《さわ》やかさとは打って変わった車内に、粘度のある汗が全身から噴出してきます。

ポタポタと仕様書に汗が垂れるのも構わず、ページをめくり続けますが、一向に解決策は見つかりません。

（JAFを呼ぶべきか……）

そう思いながらも、とりあえずは状況を説明するためにレンタカー屋へ連絡を入れることにしました。何かあったら連絡をと言われていましたし、一番いい補償プランに加入しているので、JAFへの連絡などもやってくれるかもしれません。

「はい、○○レンタカーです」

「あの、本日午前中に車をお借りした者なのですが……」

とめどなく流れる汗で、耳に付けたスマートフォンの液晶パネルを濡《ぬ》らしながら、エンジンがかからないこと、点灯しているバッテリーマーク、そして今サービスエリアの駐車場にいることまで事細かに、必死に状況を説明しました。僕のお墓参りは、僕の夏らしいことは、ひょっとしたらここで終わってしまうのかもしれません。尋ねられれば、さっき食べたラーメンの感想も伝えていたことでしょう。

「ブレーキを踏みながらボタンを押してください」

車内の暑さも吹き飛ぶような冷静な声で、店員さんがそう告げました。

「は？」

「ブレーキを踏みながら、エンジンスタートのボタンを押してみてください」

言われるがままブレーキペダルを踏みこみ、スタートボタンを押します。

車体が小さく揺れ、エアコンの送風口から勢いよく冷たい風が噴出します。

「あっ……か、かかりました！」

そう叫ぶと同時に、僕はめちゃくちゃ恥ずかしくなってしまいました。

エンジンのかけ方なんて初歩も初歩です。そんな方法も分からないやつが高速のサービスエリアにいて汗だくになっているという状況は、誰がどう見ても間抜けでしょう。

冷房で冷やされているはずなのに、先ほどよりも体温が上がっている気がします。

「いきなり車が発進しないように、ブレーキを踏んだ状態でエンジンがかかるようになっているんですよね～」

電話の向こうで僕が赤面していることに気付くはずもないのですが、店員さんがやさしく説明してくれます。

「あ……そうなんですね……ありがとうございました」

僕は電話を切り、ごうごうと唸《うな》り声をあげながら車内の温度を下げてくれているエアコンの風を浴びながら、しばし俯《うつむ》いていました。

僕には十二年のブランクがありますし、スマートキーのエンジンのかけ方は、ペーパードライバー講習では教わらなかったことです。とはいえ、レンタカー屋でこの車を借りる際に恥ずかしがっていなければ、素直にスマートキーについて聞いておけば、遭遇《そうぐう》しなかった事態であるのは間違いありません。もう二度と格好付けるのはやめよう、と心に誓い、車内の温度も落ち着いてきたところで、車を発進させました。

途中立ち寄ったコンビニの店員さんが僕のことを知っていた、という小《プチ》ハプニングはありましたが、それから目的地の霊園までは特に大きな問題もなく、無事に到着することができました。

お墓に水をかけ、花を供え、線香を焚《た》いて、手を合わせます。

こうして無事にお墓参りに来られたのも、すべて祖父と祖母のおかげです。いや、祖父と祖母と、レンタカー屋の店員さんがいなければ、僕はここに来られませんでした。そのことに深く感謝し、またいずれ来ることを告げて、お墓を後にします。

帰り道、せっかくだからと秩父ハープ橋に向かうことにしました。有名なアニメの聖地にもなっている大橋で、一目見てみたかったのです。しかし近場に車を駐《と》める場所が見当たらなかったため、車でウロウロと運転しているうちに、気が付けばその橋の下までやってきていました。秩父ハープ橋の下には荒川《あらかわ》が流れているのですが、その荒川を渡るための、車が一台通行できる程度の細いコンクリート橋がかかっているのです。

橋の欄干《らんかん》もコンクリート造りでしたが、秩父盆地でよく見られる霧に曝《さら》されているせいか全体的に色あせていて、とても趣《おもむき》がありました。

僕は橋を渡って、少し離れたところに車を駐めると、橋の中ほどまで戻り、しばらく川の音や対岸の蟬《せみ》の鳴き声に耳を澄ましながら、真上にかかる秩父ハープ橋を眺《なが》めていました。

これは間違いなく「夏」です。僕が味わいたかった夏らしさは、ここにありました。しばらく夏を噛《か》みしめた後、心ゆくまで写真を撮り、車へ戻り、帰路につきます。帰り道はハプニングに遭遇することなく、無事にレンタカーを返却できました。

前振りが長かった僕の夏休みは、これでお終《しま》いです。様々なことがあったような、特に何もなかったような……夏休みとは、そういうものなのかもしれません。

車の運転を思い出したことで、これから僕は色々な季節を体験できそうな気がします。次はどこに行こうかな、と考えることが、楽しくて仕方ありません。

あわ
あわ

半年間

ペーパードライバーから脱したことで、いつでも車を運転できる自信を取り戻したわけですが、前に記した通り、最近の車の仕様は全く分かっておりませんし、そのあたりを走行している車の名前も分からないといった具合で、僕には車の知識がほとんどありません。

僕らの子供時代などにはまだ「男の子は車が好き」みたいなイメージが定着していたように思うのですが、僕はそれらには興味を示さず、アニメに出てくる戦闘ロボットなどに執着していました。

なので、現実に走る車を見ても「変形しないのか……」とか「合体ロボの足にちょうどよさそう」とか思うだけで、あの車は何ていう名前だろう、どういう特徴があるんだろう、乗ってみたい――という興味に派生していかなかったのだと思います。

また、実家にある車がずっとワンボックスカーであったのも影響しているかもしれません。

幼少期こそ、ファミリアという乗用車だったのですが、物心がついてから実家の駐車場に駐《と》まっている車はずっとワンボックスカーでした。

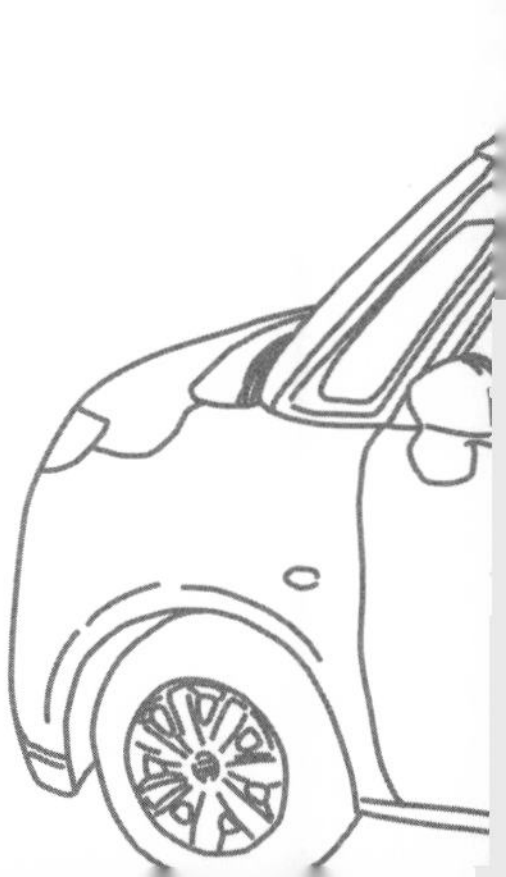

父がワンボックスカーを選び続けた理由は単純に「乗る人が多いから」です。

父、母、兄、自分以外に、祖母二人や叔母《おば》など、八人でぎゅうぎゅうに乗り込んで出かけることが多かったので、ワンボックスカー以外の選択肢《せんたくし》はなかったのだと思います。

車種が選べないのならば、せめて車の色は格好よいものを選べばとも思ったのですが、我が家の車の色はいつも「微妙に緑がかった水色」とか「あえて言うなら薄緑」といった不思議な色ばかり。

子供ながらに、真っ黒とか真っ白の方が格好いいと思っていたので、どうして微妙な色合いのものばかり選ぶのかを父に尋ねてみると、

「変わった色のほうが駐車場で見つけやすい」

という答えが返ってきました。

確かに、例えばパーキングエリアなどで無数の車が並ぶ中、メジャーな色だと見分けがつかなくなってしまいますが、ちょっと変わった色の車であれば見つけ出しやすいのです。

実に合理的ですし、子供心にも、それは正しいと思いました。

そんな父を間近で見てきたので、僕の中で車は「嗜好品《しこうひん》」というよりも、まず「便利な移動手段」であるべき、という意識が育《はぐく》まれていったのかもしれません。

そんな風に、ほとんど車に興味のなかった僕ですが、ほんのひと時の間、車の情報に敏感だった時期がありました。

大学卒業後、引きこもりに近い期間があったことは前作（『今日もぼっちです。』）でも記しましたが、そんな状態を終わらせるべく一念発起《いちねんほっき》で働き始めたのが、車を専門に扱った出版社の校正業務でした。

その時も特に車が好きになったわけではありませんし、車の知識を得たいと思っていたわけでもありません。ではなぜこの仕事を選んだのかというと、それにはいくつかの理由があります。

まず、文字を扱う仕事であったこと。

僕はその時には作家を目指していましたが、特に賞も取っていないにもかかわらず、文章は得意であるという謎の自信を持っていて、仕事内容である校正作業もつまりは文章を扱うわけだから、これは自分にもできるだろうと思っていたのです。

また、経験不問での募集だったことも応募にかなり大きく作用しました。経験者優遇のアルバイトは応募しても書類の段階で落とされることがほとんどですし、そもそも応募すること自体が稀《まれ》です。

そしてもう一つ、一番大きな理由が「週五日で半年間」という期間限定のアルバイトであったことです。

正直なところ、長らく働いていなかった人間がいきなり週五日間連続で働くというのは無謀《む ぼう》にも近い挑戦です。できれば週に二日とかが望ましいのですが、年齢も二十代後半でしたし、自分のやりたい職種でそんな条件で雇ってくれる職場なんてそうそうあるものではありませんでした。

頭を悩ませた結果たどり着いた答えは、週五日だけれど半年間で強制的に終わるのならば、こんな自分でもギリギリ耐《た》えられるのではないか？　というものでした。

面接では、嘘《うそ》ではないにしても、少し誇張した情報（主に経歴部分）を織り交ぜ、作家を目指しているから文章には慣れていますといったような雰囲気《ふんいき》を醸《かも》し出すことにより、無事に採用されてしまいました。

それから仕事開始日までの間、何度なかったことにしようと思ったか分かりません。

働き始める前からやめる理由をいくつも考えていました。

しかし、最終的には引きこもり状態から脱却するという意志が勝ち、

「もってくれよ俺の体！　週五日だ！」

毎日毎日、そんな気合をいれて出版社へ通いました。

いざ働いてみると、車の知識に関しては、ほとんど必要ではありませんでした。もちろん、車について詳しいほうが書籍に記載された文章の理解度も高くなりますが、実際に文章そのものを書くわけではないので、分からない単語はその都度調べることで解決できました。

むしろ業務に関しては、校正の知識の差が歴然と表れたと思います。

僕と同時期に他に二人採用されていましたが（二人とも僕よりもずっと若い）、彼らには

文章校正に関する知識があったようで、すんなりと業務をこなしているように見えました。

一方、僕はゼロからのスタートであったので、「トルツメって何だろう……」「そこかしこにある落書きのような注意書きの意味が分からない……」と、指示の意味を理解するのも四苦八苦し、「なんかできる気がする」という謎の自信は初日にアッサリと砕かれ、逐一《ちくいち》意味を調べながらの業務となるのでした。

それでも、そんなことを日々繰り返していると、自然と車の知識も増えていきます。

「あれはトヨタの○○」「あっちのは日産の新しいやつだ」といったように、町中を走っている車の名前が自然と出てくるようになるのです。

その頃はペーパードライバー真《ま》っ只中《ただなか》だったので、車を持っていない、乗ることもない僕としてはほとんど無駄な知識であったわけですが、知識が増えたという実感が楽しかったことを覚えています。

反対に、半年の間で辛《つら》いことは多々ありました。

そもそも人付き合いに積極的ではないため、社員の人はもちろん、同期のアルバイトの人たちともほとんど話すことはありませんでした。

昼休みの時間、同期の二名はお昼を一緒に食べていたのですが、僕はわざと仕事を引き延ばしてお昼の時間をずらし、仕方ないといった体《てい》を装い一人でランチを食べに行っていました。

その時間は仕事からも社員や同僚《どうりょう》からも解放される至福のひと時であったのですが、ある時、社員の一人がいつも一人でご飯を食べている僕を見て「同期で一緒にお昼を食べなきゃ駄目だよ」と言ってきたのです。

「同じ釜《かま》の飯」ではありませんが、同期の仲間同士で常に結束を高めあうべきだという精神からかもしれませんし、ひょっとしたら、僕だけ年齢が違うので、こいつお昼に誘われていないのでは……と思われたのかもしれません。

どちらにせよ余計なお世話だ！　と思ったことをよく覚えています。

それからしばらくの間は、お互いが気を遣《つか》い合いながらの気まずい食事が続きましたが、仕事を覚えて忙しくなっていくにつれて、互いの時間を合わせてもいられなくなってきたので、自然とまた一人の食事に戻りました。

年下の同期たちはとても優秀だったのか、仕事の覚えも早く、また明るく社交性に富んでいたので、社員たちからの評価も高かったように思います。

かたや僕といえば、社交性はほぼゼロ。スタート時の知識の差からくる出遅れも相《あい》まってか、社員から見ればそんなにいい印象ではなかったように思いました。

もちろん、僕のほうの心構えもあまりいいものではなく、どうせ半年間でやめるのだから、心証をよくしたって仕方がない――そんな風に思いながら働いていました。

ただ、今思えばこれは半分は建前《たてまえ》のようなもので、全力でぶつかったにもかかわらず、自分が仕事のできないやつだと思われたくないから、というのが本音だったと思います。
引きこもっていながらも、「きっと本当の自分はしっかり働けるはず」と信じていたのです。そして、それが崩《くず》れてしまうことが怖かったのだと思います。

ある日、自分が連続でミスをしてしまうことがありました。確認ミスだったり伝達ミスだったりと細かなことではありますが、そんな時などは、社員はもとより、若い同期たちにも「使えないやつだ」なんて思われているのではないかと、かなり自信を喪失《そうしつ》しながら働いていました。

ほとんど引きこもり状態であった時の、働こうと思い立ってもなかなか働けず、社会に置いて行かれているように感じていたあの頃の感情が蘇《よみがえ》ってきて、口の中いっぱいに苦い味が広がってくるのです。

そんな時に聴いたMr. Childlenの『I'll be』(アルバム収録のスローバージョン)が心に刺さりすぎて、相変わらず一人で食べに行ったランチの後で、ちょっと泣きました。

職場で働く最後の日の打ち上げにて、お世話になった社員や同期たちと会話をする際、もうどうせ会わないんだから、とコントをやっていた時のノリで喋《しゃべ》りまくっていたら、社員の一人から「君ってこんな人だったの?」と驚かれたことを覚えています。

実際は、働いている姿も打ち上げの時の姿も本来の自分ではないのですが、では本当の自分とは何なのかということは、四十歳を過ぎた今でもよく分かっていないのが実情です。

半年間の仕事を終え、僕は再び無職となりました。

それから十数年が経《た》ち、当時得た車の知識もどこかにいってしまいました。

あの半年間で培《つちか》った経験が今現在何かの役に立っているかは不明ですが、そこで貯《た》めたお金を使いながら書いていた小説がいずれ出版されることになるので、まるっきり無駄ではなかったと言えると思います。

また、半年間とはいえ週五日で働くことができたという自信は、その後しばらくして再び週五日のアルバイトに勤務したことに繋《つな》がっていくので、こちらは確実に役に立ったと言えるでしょう。

決して楽しい毎日ではありませんでしたが、それでも「自分はちゃんと働いている」という誇りのようなものを持てていたのは確かです。

自分はちゃんと働けるだろうか……と不安な方には、半年間、週五日のアルバイト、おすすめです。

お仕事の依頼

僕は現在作家として、そしてゲーム実況者として活動しておりますが、過去には和太鼓《わだいこ》グループに所属していたり、大学では演劇学科を専攻していたり、コントユニットに参加していたりと、何だか色々なことをやっていました。そんな謎の経歴だからなのか、時折、普段ではあまり関わりのなさそうな業界の方からお仕事の依頼をいただくことがあります。

例えば、とある朗読アプリが開催する朗読劇のシナリオを書いてほしいとか、あるアーティストの方と対談をしてほしいなど、内容も多種多様なのです。

いったいなぜ自分なのかと話を聞いてみると、過去に演劇をやっていたことが影響していたり、自分の趣味である「鉄塔好き」という部分がとある楽曲と関連があるから、などなど、なるほどと納得できることも多いです。

そんな中、ある映像作家の方からメールにて連絡がありました。

内容は実写ドラマに関するもので、ドラマの脚本の依頼かと思った僕は、さすがに畑違い

なのでお断りしようと思ったのですが、驚くべきことに執筆の依頼ではなく、役者としての出演依頼でした。

異業種のお仕事を依頼された時には、だいたいこんな感じになりそうかなというビジョンを思い浮かべて、自分の中で許容できそうならばお引き受けし、難しそうだったらお断りしているのですが、実写ドラマの役者というのはあまりに突拍子《とっぴょうし》もないことで、全く想像ができませんでした。分かっていることといえば、一話十五分、計六話ほどのショートドラマであること。ネット配信か、あるいは東京のローカル局での放送になること。

当然、依頼する側としてもメールでは依頼内容を十分に説明することもできないでしょうし、このままあれこれ想像していても埒《らち》が明かないので、近所の喫茶店までご足労いただき、詳しい話をうかがうことにしました。

映像作家の方は男性で、僕とほぼ同年代とのことでした。今までは任俠《にんきょう》映画、Vシネマに関わっていたらしいのですが、今回ひょんなことから実写ドラマの監督に抜擢《ばってき》されたそうです。

僕のことは「ゲーム実況グループ 三人称の鉄塔」として、前々から配信を見てくださっていたらしく、また、過去に舞台上で表現活動をしていたことも把握《はあく》されているようでした。

そこまで理解していただいているのはありがたいのですが、しかし同時に不安も過《よぎ》ります。

ひょっとしたら、僕は過去に「自分は凄《すご》い役者だった」みたいなことを言ってしまっていないだろうか……？　僕が表現者として舞台に立っていたのはもう十年以上昔の話ですが、舞台を離れてからは人前で演技をすることはないだろうと思っていたので、言った者勝ちとばかりに過剰《かじょう》に自分の能力を盛って話していた可能性は否定できません。

実際のところは「自分は演劇に向いていないかも……」と心が折れて、その道から離れていった身です。過度な期待をされていたら、これは厄介《やっかい》なことになりかねません。

「過去に舞台には立ってはいましたが、それはもう十年も前の話ですし、映像のお仕事はやったことがないので、監督のご期待に応えられるかどうか分かりません」

僕は正直に伝えました。

すると監督は、長らく演技に触れていないことも承知している上で、できる限りのサポートはする、この役は鉄塔さんならやれると思う、と返してきたのです。

監督の言葉には、かなりの熱意がこもっていました。

しかし、だからといって軽々に返事をすることはできないので、ひとまず台本を読んでから決めさせてもらうことにしました。

喫茶店を離れ、自宅へ戻るなり台本を広げます。

テレビドラマの台本を読むのは生まれて初めてのことでした。

ドラマの登場人物に共通するワードは「ゲーム実況」でした。

ゲーム実況をする人、裏で支える人、それを見て楽しむ人と、登場人物の多くがゲーム実況というジャンルの活動に触れているのです。そして、実際にゲーム実況をやっている僕に監督がオファーした役というのが、まさにゲーム実況を主な活動媒体《ばいたい》にしている人物の役だったのです。

特殊《とくしゅ》な趣味・職業を扱った物語の場合、制作スタッフがその趣味・職業に精通しているか否《いな》かで、その物語の評価が大きく変わってしまう場合があります。見識なく手を出して、やれ「ニワカ」だの「浅い」だの言われて炎上してしまうパターンもあるでしょう。

しかし、例えばキャストの中に、実際にそれらの趣味・職業に携《たずさ》わっている者がいるとしたら、その作品の持つ説得力はかなり違ったものになるでしょう。もちろん、それだけが狙いではないと思いますが、僕をキャスティングする理由の一つにはなり得ると思います。

(ゲーム実況もドラマの題材になるようになったんだなぁ……)

一昔前まではまるで考えられなかったことにしみじみとしながら読み進めます。

そして、台本を途中まで読み進めたところで、僕はある事実に気が付きました。

監督が僕に演じてもらいたいと思っている役が、立場を利用して部下や女性に暴言を吐いてすぐに暴力を振るうパワハラ男という、ビックリするぐらい嫌なやつだったのです。

滅茶苦茶《めちゃくちゃ》最低屑《くず》人間——読み終えてすぐに僕が彼につけたあだ名です。

もちろん、登場人物たちはそれぞれ駄目な部分を抱えているのですが、それにしても「嫌なやつ度」では僕の役が群を抜いていました。

（いったいどうしてこの役を……）

そう悩んだところで、喫茶店での監督の言葉が頭を過ります。

「この役は鉄塔さんならやれると思う」

それがいったいどういう意味なのか、僕はあまり考えないようにしました。そして、しばらく悩んだ後、監督に出演を了承する旨《むね》のメールを送ります。

かなり稀有《けう》な依頼であるのは間違いないので、話のネタになりそうだったこと。

世の中に数多《あまた》いるゲーム実況者の中から監督がわざわざ自分に声をかけてくれたこと。

与えられた役がいい人でもなければ甘い言葉を言う役でもなかったこと。

公然と人に悪態をついても咎《とが》められずむしろギャラまで貰《もら》えること。

引き受けた理由は様々ありますが、楽しそうだったというのが一番だと思います。しかしまさか、こんな形で役者の仕事ができるとは思ってもみませんでした。二十代のあの頃は、いくら舞台に立っても出費ばかりがかさんでギャラなんて一銭も貰えなかったのに、人生とは分からないものです。

ドラマの撮影とはいったいどんなものなのか、皆目《かいもく》見当もつきませんでしたが、どう転んでもエッセイには書き残してやろうと思うのでした。

ドラマの撮影

ドラマのお仕事を受けてからというもの、撮影日まで非常にそわそわとした日が続きました。

まず驚いたのが、セリフの覚え方を完全に忘れていたことです。

お芝居に携《たずさ》わっていた時の自分は、どちらかといえば物覚えのいいほうで、セリフもきちんと暗記して稽古《けいこ》に臨んでいたのですが、それから十数年という月日が経過し、果たして自分はどうやって記憶していたのか、その方法を全く覚えていないのでした。

学生時代などはひたすら暗記暗記の毎日だったはずですが、ひとたび「暗記する」という行為から離れてしまうと、その能力は衰《おとろ》えてしまうものなのでしょうか？

「暗記だけの勉強はダメだ」と学校の先生が言っていた気がしますが、大人になってからは、何かしらの暗記トレーニングをしたほうがいいのかもしれません。

受験生の時に英単語を覚えたように、とにかくセリフを反芻《はんすう》して文字を脳内に叩《たた》き込む作業を毎日続けることで、どうにかセリフを空《そら》で言える状態にはなりました。

また、最近若干《じゃっかん》太り気味であったので、テレビ映りを考えたら痩《や》せたほうがいいのだろうか……でも、役柄《やくがら》的には少し太っていたほうがいい気がするからこのままでいようか……とハリウッド俳優ばりに悩んだ結果、結局、役のためだと特に手を打つことなくそのまま撮影に臨むことに決めました。


それから数週間後。

都内某所《ぼうしょ》のとある劇団の稽古場にて「読み合わせ」と呼ばれる稽古があり、そこで初めて共演者やスタッフとの顔合わせをしました。

共演者の方々は、毎日テレビで見かけるような有名人というわけではないけれど、皆が意欲に燃えているように感じました。また、監督やスタッフさんも気合が入っているようです。

何よりも皆若く、共演者の方々を見る限りでは、僕が一番年上のようです。

共演者たちは自分とだいたい同世代の人物を演じることになるのですが、僕だけが実年齢よりも年下の役を演じることになるようでした。

コロナ禍《か》においては、撮影の規模自体もかなり縮小せざるを得ないようで、撮影日数もギリギリの日程で組んでいるそうです。元々、プロジェクト自体が低予算であり、かつスケジュールもかつかつ。一日も無駄にはできない状況です。

そこで、撮影が難しいと思われるシーンに関しては、この日のうちにあらかじめ練習をしておくことになりました。稽古場には仮のセットが組まれていて、その中で俳優たちが台本を持ったまま動いてみる、という感じです。

僕の役は物語の終盤にちょっとしたアクションシーンがあるので、そこを練習することになりました。

監督は知り合いの劇団員たちと前もって打ち合わせをしていたようで、僕はセリフと動きを把握《はあく》している劇団員たちに倣《なら》ってアクションの順序を覚えていきます。

僕とアクションを繰り広げることになる俳優さんは若く、爽《さわ》やかで、がっしりとした男前で、アクションもお手の物といった様子でした。

かたや僕も、昔はそれなりに舞台上を駆け回っていたという自負はあります。コロナ禍になる前までは和太鼓《わだいこ》を叩いておりましたし、今でもしっかりとスポーツジムにお金を払っています。

アクションシーンとはいえ、アクロバティックな技術が求められるわけではなく、どちらかといえばドタバタするような動きの連続であったので、これならば行けるだろうと考えていました。

そしていざ、アクションシーンの稽古が始まります。

相手に摑《つか》まれたり、摑みかかったり、引き倒したり、押し倒されたりといった粗暴なアクションが続いていきます。

アクションシーンのコツは、自分が相手を動かすのではなく、相手に動いてもらうことだと教えてもらいました。無理にこちらが力を入れてしまうと、相手に怪我《けが》を負わせてしまう可能性があるので、できるだけ最小限の力で、相手役に動いてもらうのが良いとされているようです。

一回、二回、三回とシーンを繰り返し、動き方を覚えていきます。相手役の俳優さんは慣れたもので、すぐにコツを掴んでいました。

僕のほうも動き方はどうにか覚えたのですが、回数を重ねるごとに息が上がっていきます。四回目のシーンが終わった後、気が付けば僕は床にお尻をついて、肩で息をしていました。

「ＯＫ！」

監督の声がかかります。

「アクションのあと疲れている演技もめちゃくちゃいいです！　本番もそんな感じでいきましょう！」

僕のそれは演技でも何でもなく、純粋にヘトヘトだったのですが、監督を含め周りの人たちには演技だと思われていたのかもしれません。

そこで見栄《みえ》を張る必要もないのですが、あまり心配をされたくないと考えた僕は平静な顔で立ち上がり、そのままスッとトイレに入ると、しばらくそこで座って息を整えました。

日頃の運動不足もあるのでしょうが、平常時では考えられない、取っ組み合うような体の動かし方は想像以上に体力を消耗《しょうもう》します。

改めて、役者とは本当に体力がいる仕事だと感じました。

しかし、実際にドラマの本番が始まると、撮影時間はあっという間でした。

カメラマンの動きのテストや、小道具の準備などにかなりの時間が費《つい》やされ、撮影自体はものの数分程度で終わってしまうのです。

（えっ？　今のでおしまい？　もう撮り直しなし？）

監督がＯＫを出しているからＯＫなのでしょうが、僕は自分が用意した演技プランとは少し違った表現になってしまい、モヤモヤっとしたまま次のシーンへ移ることもしばしばです。

そういったところが今まで経験していた演劇との決定的な差かもしれません。

演劇の場合ももちろん、本番が始まってしまうと取り返しはつかないのですが、その分何度も練習を重ねているので、本番でも練習に近いものを表現できます。

しかしドラマ撮影の場合は、他の役者さんと練習する機会もほぼなく、また舞台となる撮影現場も初見の場所なので、その場で初めて出会う要素がかなり多いのです。

しかも、撮影するシーンは物語の頭から順番に、というわけではありません。

これはそれぞれの現場で違うことなのでしょうが、僕の場合はまずクライマックスのアクションシーンから撮り始め、その後に最初のシーンを撮るというスケジュールだったので、果たしてキャラクターの整合性が取れているのか不安で仕方ありませんでした。

このように、初めて尽《づ》くしのドラマ撮影は、困惑しているうちに終わってしまいました。

僕の出番をすべて撮り終える、いわゆる「クランクアップ」と呼ばれる最終日、このドラマに登場するすべての役者さんが揃《そろ》っていました。

「○○さんから差し入れいただきましたー！」

「ありがとうございまーす！」

方々《ほうぼう》でそんな声が飛び交います。

（差し入れ！　しまった、そんなものがあったのか！）

現場経験のなさはこんなところでも響きました。

本来ならば最年長の自分が、何かいい感じのやつを差し入れることで現場の雰囲気《ふんいき》を盛り上げ、かつ、自腹を切って差し入れることで多くの人に褒《ほ》めてもらったり感謝されたりできるというイベントであったのに、それをスルーしてしまう結果となったのです。

無知は罪。

この時が一番、無知であった自分を責めたかもしれません。

撮影終了から数か月後、二〇二一年十二月三十一日の二十七時四十五分（第一話〜第五話）と二〇二二年一月三日の二十八時三十分（最終話）に、『夜光漂流 MIDNIGHT JELLYFISH』というタイトルで無事に放送されました。

「こんな時間帯の枠があるんだ！」と多少驚きましたが、正月休みをフル活用してリアルタイムで自分が出演しているドラマを見ることができ、また、同じくリアルタイムで見ていた人たちから「想像以上にクズの役だった」「嫌《いや》な役過ぎて嫌《きら》いになりました」との反響をいただきました。

「だから言ったじゃないか」と思う反面、少なからず与えられた役割をこなすことができたと思うと、ホッと一安心しています。

一夜城

エッセイで色々と書いてきましたが、僕は様々な活動をして、様々な経験をさせてもらっています。

そんな中で、ピンチな状態に陥《おちい》り「これどうなっちゃうんだろう……」と不安に苛《さいな》まれることがあります。

例えば、とあるゲームの公式生放送に進行役として参加した時のこと。

生放送が始まっているにもかかわらず、不具合で全くゲームに接続できず、おまけにその生放送が視聴者参加型の企画であったため、台本通りに進行することすらままならなかった時は「これどうなっちゃうんだろう……」とかなり焦《あせ》りました。

現場にいるスタッフさんの顔色が少しずつ青ざめていくのを見ながら、何か解決策はないものかと頭をフル回転させますが、出演者にできることは何もありません。

結局、その生放送は早い段階で台本通りに進行することを諦《あきら》め、自分の置かれている状況を楽しむように切り替えることで事なきを得たのですが（イベント主催者側は事なきを得な

かったかもしれませんが)、発表会や生放送のような、始まってしまったらやり直すことができない、逃げも隠れもできないイベントというものは、このような状況に陥りやすい気がします。

高校時代に所属していた演劇部の県大会本番で、本来は倒れるべきタイミングではないシーンで舞台装置のパネルが倒れてしまった時も、「これどうなっちゃうんだろう」とかなり不安になりました。

また、VRゲームの魅力を伝える生放送では、VR機器を装着している共演者がゲームを攻略するために勢いよく振り回した腕に僕がぶつかり、そのまま張り倒されてしまい、「まずい、このままだとVRゲームが危険なものだと思われてしまう……」とかなり不安を感じたものです。

そんな「これどうなっちゃうんだろう……」は大抵時間が経過すれば笑い話になるのですが、僕の人生の中でも一番「どうなっちゃうんだろう」と思った、今のところまだ上手に笑えない出来事について書きたいと思います。

僕は大学では演劇を専攻していたのですが、大学四年の時、主宰者《しゅさいしゃ》の同級生を中心に学生劇団を作りました。

主宰者が演出と脚本を兼ねており、男四人女二人の計六人の役者が所属していました。三《み》谷幸喜《たにこうき》さんが手がける脚本のような、俗《ぞく》にウェルメイドと呼ばれる作風で、劇団立ち上げ当初は学部内の評判もそれなりに高かったと思います。

しかし、四度、五度と公演を続けてもなかなか客足が伸びず、劇団としてどのように舵《かじ》を取っていけばよいものか悩み始めます。そもそも劇団の成長というものはとても地味なもので、ある日突然花開くなんてことはまずありません。最初はごく小さな劇場で始めて、少しずつ観客数を増やしていくことを目標とし、実績がついてきたところで、ようやく少しだけ大きな劇場で公演をする、といった具合です。

劇団の伸び悩みは劇団員の思考にも影響するもので、自分は役者としていつまでこの劇団に所属していられるだろうか、今からでも就職先を探してしっかり働いたほうがいいのだろうか……など、それぞれ悩みはじめます。

小劇団の場合、基本的にチケットは手売りなので、客層は知り合いに限られます。つまり客足を伸ばすには知り合いを増やすか、どうにかして他者の目に触れる機会を作るしかありません。

そんなある日、主宰者の意向により僕らの劇団がとあるイベントに参加することになりました。

神奈川県小田原《おだわら》市には「一夜城まつり」と呼ばれる催し物があります。

かの戦国武将、豊臣秀吉《とよとみひでよし》が小田原北条《ほうじょう》氏を包囲した際、本陣を敷いたとされる国指定史跡、石垣山《いしがきやま》一夜城歴史公園にて開催されるお祭りで、お茶会の体験や甲冑隊《かっちゅうたい》のお披露目《ひろめ》、つきたてのお餅《もち》を食べたりと様々なイベントが行われるのですが、その祭りの会場の一角にステージが組まれ、その上で様々な演者がパフォーマンスをする時間が設《もう》けられているのです。

劇団主宰者のそばに「一夜城まつり」の関係者がいたのか、それとも小田原市民がいたのかは定かではありませんが、僕が所属する劇団はそのイベントのステージでパフォーマンスをすることになりました。

僕らは劇団なので当然そこで芝居をするのですが、野外で長時間のお芝居は難しいだろうということで、短いお芝居を数本披露《ひろう》することになりました。

そのお芝居自体は以前にお披露目したことがあるもので、かなり客受けがよかった作品です。もちろん稽古《けいこ》もたくさんやりましたが、僕らはある程度の自信を持ってお祭りに参加しました。

そして迎えた本番当日。

僕らは、自分たちの認識の甘さを痛感することになります。

一夜城まつりの来場者はそこそこで、関係者も含めると盛り上がっているように見えました。甲冑を着た武将に扮《ふん》した集団が歩いていたり、設営されたテントの脇では餅つきが行われていたりします。それらの奥側に、一段高く設営された舞台がありました。

図面は事前に見ていましたが、仮設で組んだわりにはしっかりとしている大きな舞台でした。それぞれのパフォーマンスはある程度の時間をおいてスケジュールが組まれているようで、僕らが到着した時には、ステージには誰もいませんでした。

僕らはもともと舞台装置をあまり使用しないスタイルであったため、舞台上にはパイプ椅《い》子《す》を並べるだけで準備は終了します。

そして、僕らの劇団の出番の時間が来ました。

どこからともなく司会の人が現れ、東京の劇団であることを紹介され、僕らは舞台に上《のぼ》り、それぞれの立ち位置に付きました。

暗転するはずもないので、舞台上からお客さんの姿は丸見えです。

マイクのアナウンスが客寄せになったのか、多少のお客さんが集まってくれていました。

遠くには、当時お付き合いをしていた僕の彼女の姿もありました。お恥ずかしながら、一応外部のイベントに出演するということで、情報を伝えていたのです。

そして、劇団員が第一声を発した時に、全員が違和感を覚えました。

それは今思えば当たり前のことだったのですが、野外では音が反響せずに四散するので、自分の声がどこに飛んでいるのか全く分からないのです。

普段僕らは劇場でお芝居をしているため、声は劇場内に反響し、それが自分の耳にも返ってきます。その音の伝わり方で、お客さんにもしっかりと自分の声が届いていることを認識していたのですが、野外ではそうもいきません。

(自分の声は本当にお客さんに伝わっているのか……?)

舞台に立つ全員が不安に駆られます。

しかし、本番が始まってしまうと、それを確かめる術《すべ》はありません。

短いお芝居とはいえセリフで展開していくストーリーのため、声が届いていなければ話になりません。自然と劇団員の声のボリュームは大きくなっていきます。

気が付けば、舞台上で不自然なほど大きな声でわめきあう者たち。

もはや、演技どころではありません。

セリフにこめた感情の起伏や表情の微妙な変化など、今まで何度も稽古をして身に付けたすべてを投げ捨てて、僕らはただ大声で言葉を発するだけの存在になり果てたのです。

これどうなっちゃうんだろう……。

それでも……最低でもこの脚本の面白さは伝わるはず——。

僕らはそう信じるしかありませんでした。

しかし、その願いも、上演中に発せられたあるアナウンスとともに空《むな》しく散ることになります。

「つきたてのお餅です~つきたてのお餅が食べられますよ~」

テント脇で行われていた餅つきのコーナーで、つきたてのお餅を配り始めたのです。

僕らがステージ上でパフォーマンスをしている最中にわざわざスピーカーを通してアナウ

ンスしなくても……と思わなくもないですが、お餅のほうもつきたてアツアツの時間は限られているので仕方がないことなのかもしれません。

僕らを遠巻きに眺《なが》めていた人たちは、ぞろぞろとお餅のほうへ流れていきます。

その瞬間、僕は完全に心が折れました。

どうにか終幕させなければ、という気持ちだけで芝居を続けていましたが、最終的に餅に気を削《そ》がれてしまったのです。

「きもち」から「き」を削ぐと「もち」になる——これを舞台上で思いついていたのならたいしたものなのですが、残念ながらこの文章を書いている今思いついたので、何の慰《なぐさ》めにもなりません。

心が折れてしまったあとも、どうにかセリフを発することはできたのですが、何よりも早くこの場から立ち去りたい気持ちで一杯でした。

もう最悪なぜか舞台が小爆発してステージが中止になってくれないか……タイムスリップしてきた北条氏ら戦国武将が襲《おそ》いかかってきてお祭りが中止にならないか……などと願っているうちにすべての芝居が終わり、僕らはおずおずと舞台から降りました。

拍手があったのかどうか、記憶にありません。

僕の彼女は、「おつかれ」以外何も言いませんでした。それは優しさだったのか、それとも呆《あき》れていたのか、あるいは恥ずかしかったのか、僕には分かりません。

「餅に負けた……」

お客さんからすれば当たり前なのかもしれませんが、その事実が重くのしかかります。

その後、僕らは「一夜城まつり」を楽しむことなく、それぞれ帰路につきました。

達成感はなにもなく、反省することは山ほどありました。

インターネットがそれほど盛んな時代ではなかったので、過去のお祭りの様子を知ることは難しかったと思いますが、それでも事前に調べておけることはたくさんあったのに、それを怠《おこた》った自分たちが悪いのは間違いありません。

その後、僕はこの劇団から離れることになり、また演劇そのものからも距離を置くようになるのですが、それはこの一件がきっかけであったかもしれません。

つまり僕は、最終的にお餅によって演劇をやめたことになるのですが、こんなことになるのなら、せめてあのお祭りのお餅を味わっておけばよかったと後悔しています。

きっと、つきたてのお餅は美味《おい》しかったに違いありません。

行きつけ

行きつけの美容院がなかなか決まりません。

僕が美容院に求めることといえば、家のそばであること、すぐ予約が取れること、そして、心を乱されることなく静かに過ごせることです。

新しい土地に引っ越してからしばらく経《た》つのですが、同じ美容院に行くことはほぼなく、色々な美容院を転々としています。

と言ってもこれは引っ越してからに限った話ではなく、その前に住んでいた場所でも、さらにその前の場所でも美容院は定まっていませんでした。

そもそも僕の人生の中で「髪を切るならここに行く」と決まっていたのは、小学生の頃から通っていた近所の床屋さんか、大学卒業後、実家に戻ってから通うようになった駅のそばの美容院の二つだけです。

床屋はさておき、駅そばの美容院は髪が伸びるたびに通っていましたが、それだけではなく、常に決まった美容師さんにお願いしていました。

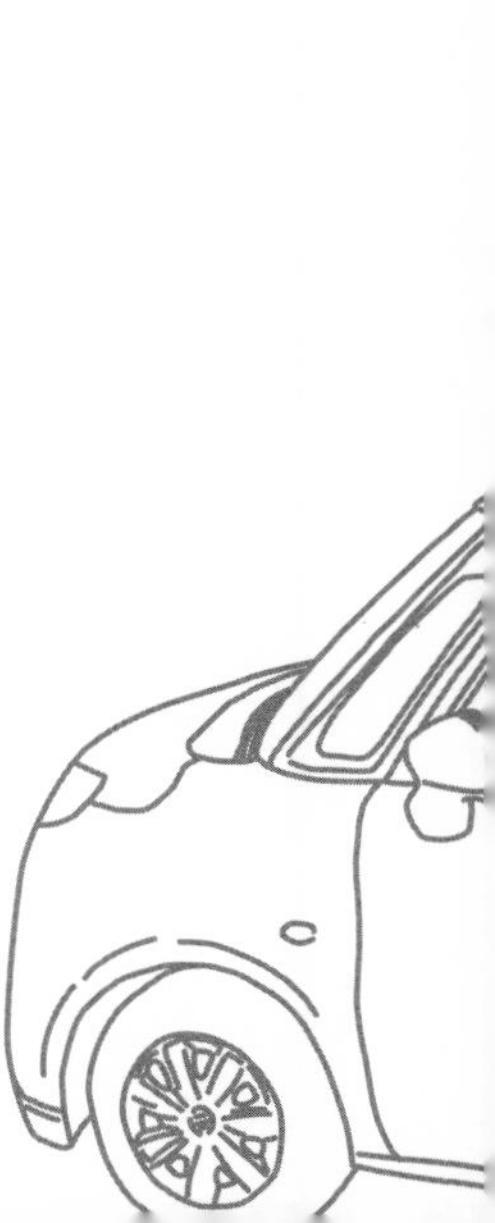

いわゆる「指名」というやつです。

後にも先にも、僕が美容師さんを指名したのはその方だけでした。

指名した理由は、施術中にその美容師さんとほとんど喋《しゃべ》らなくてよかったからです。

今でこそ、事前予約のアンケート欄《らん》に「静かに過ごしたいですか？」といったような項目があるケースも多く見られますが、当時、そのようなアンケートは稀《まれ》だったように思います。

様々な美容師さんに近況などを聞かれては「はぁ……まぁ……」と囁《ささや》きのような返事をしていたのですが、その美容師さんはそんな自分の感情を察してくれたのか、ほぼお喋りをすることはなく、本を読むもよし、考え事をするもよし、とても過ごしやすかったのです。

しかし、髪を切るために、今いる場所から地元に戻るわけにもいきません。

ですので、落ち着ける美容院を探してはいるのですが、これがなかなか見つかりません。

例えば、先日訪れた美容院はコーヒーをサービスしてくれるお店で、コーヒー党の僕にとってかなりポイントが高かったのですが、いかんせんカップに蓋《ふた》を置いてくれるサービスはなかったので、いざ飲もうとしたら切られた僕の髪の毛がまぶされていました。

（これが本当の切《キ》リマンジャロ……）

さすがにその状態では口をつけることができず、複雑な気持ちのまま店を出て、それきり行っていません。

また、別の美容院では施術中に「ワクチン打ちましたか？」と聞かれました。

コロナ禍《か》ですし、話題としては適当なのかもしれません。僕はまだ予約が取れていなかったので「まだなんです」と答えました。

その後、しばらくしてまたその美容院に行く機会があったのですが、前回と同じ美容師さんに「ワクチン打ちましたか？」と聞かれました。

僕はすでに打ち終えていましたが、行くたびに同じ質問をされそうなので行かなくなりました。

そんなわけで、僕は安らぎを得られる美容院を見つけるために、一、二か月に一度ほどのペースで新たな美容院に行っています。

（なんかこの町も美容院の数が多くないか……？）

住む場所場所で感じていたものですが、ひょっとしたら美容院をコロコロと変える僕のような人間のためなのかもしれません。

先日もまた新たな美容院に行ってきました。

家から少し歩いた先に建つ大きなマンションの一階にその美容院はあります。

中に入ってみると、お婆《ばあ》ちゃんらしきお客さんが二名ほどおり、なんとなく「町の床屋さん」的な雰囲気《ふんいき》を感じつつも受付に向かいます。

「予約はされましたか？」

「あ、はい」

「でしたら、そちらの紙に名前を記入してお待ちください」

「あ、はい……」

ふと入り口を見ると、レストランなどでよく見かけるような氏名の記入欄がある用紙があります。

（予約をしているのに順番待ちみたいになるのかな？）

少しだけ疑問を感じつつも、名前を記入しようとしたのですが、その用紙のそばに筆記用具が見当たりません。キョロキョロとあたりを見渡すと、先ほどの受付にペンが置かれていました。

歩数としては四、五歩ほど。たいした距離ではありません。

それでも引っかかりを感じてしまうのは、普段からかなり行き届いたサービスを受けているということなのでしょう。

無事に受付を済ませ、待合所にある椅子《いす》に腰かけます。

しばらく携帯電話を見ながら時間を潰《つぶ》していると、間もなく僕の名が呼ばれました。

顔を上げると、プロレスラーと見紛《みまが》うほどの体軀《たいく》をした男性の美容師さんがこちらを覗《のぞ》いています。

ニット帽とオーバーオールという可愛《かわい》らしいファッションに身を包んではいましたが、それでもカバーしきれない威圧感《いあつかん》が発せられていました。

彼は僕が返事をしたのを確認すると、小さく合図をし、すぐに踵《きびす》を返して美容院の奥のほうへと行ってしまいます。

僕は慌《あわ》てて腰を上げ、彼の後ろについて行きます。彼が着ているオーバーオールの下、まくられたセーターの袖《そで》から覗く太い腕には何かの文字が刻まれていました。

（ひょっとしたら、ここはあらくれ美容院なのかもしれない……）

普段の美容院では感じることのない緊張感がじんわりと漂《ただよ》う中、施術が始まります。

想像に反し、サービス自体はいたって穏やかで、特にトラブルが起こることもありませんでした。

鏡台の上には小さな黒いタブレット端末が置かれており、おそらくこの中に雑誌などを見られるアプリがあって、それで時間を潰せるのだろうと手に取ってみましたが、どこを触ってもうんともすんとも言わず、美容師さんにばれないように僕はそっとそのタブレットを鏡台に戻しました。

美容師さんは時折声をかけてくるのですが、「もう新年ですねぇ」とか「ますます寒いですねぇ」といった時候の挨拶《あいさつ》（しかも穏やかな口調）くらいで、こちらのプライベートを深掘りしてくる様子もなく、会話自体は和《なご》やかに進んでいきます。

ただ、なぜかドライヤーを当てながらそれらの話題を振ってくるので、聞き取るのがとても大変でした。

カットの技術に関しては、粗雑であるとか、危なっかしいなどということはなく、かなりスムーズに進行しているように思います。

しかし、髪を洗うために洗面台に向かう時、洗髪後の顔を拭《ふ》くタオルの渡し方、洗面台から戻る時、すべてが少しそっけないというか、ちょっと突き放した感じというか、「そこまで言わなくてもできるだろ」と言われている気がして、そのたびにこちらが慌ててしまうのでした。

なるほど、この人はカットをしていない時だけなぜかちょっとぞんざいになるのだな、と理解しました。

洗髪の力加減は抜群で、洗われている時の気持ちよさはここ数年でも一番だったかもしれません。そんな感じも「こっちもやることはやるから、お前はお前でできることをやれ」といった雰囲気に拍車をかけます。

カットの全工程を終えた段階で、整髪料を使って髪をセットしていくかどうか問われます。僕は髪のセットのやり方に詳しくないので、その後予定があろうがなかろうが、毎回お願いすることにしています。

「この付け根のところにクセがあるんで、こうして風を当てて……」

僕の髪の性質を踏まえた上でセットのアドバイスをしてくれます。

それだけでなく、彼は自分のニットキャップを脱ぎ、自分で実演しながらセットのやり方を教えてくれるのでした。

その時に現れた金の髪色にも驚きましたが、やっぱりドライヤーを当てながらなので、半分くらいは何と言っているのか想像しなければなりませんでした。

（職人気質《かたぎ》かと思いきや抜けている部分もある、けれどもしっかり客のことを考えてくれる人なのか……）

僕の中で彼の評価、そしてこの美容院の株が上昇していきます。

僕は今まで、美容院に甘やかされていたのかもしれません。

どこの町にも数多くある美容院は、より多くの客を勝ち取るために様々な気配りをして、何から何まで先回り、行き届いたサービスをしてくれます（中にはコーヒーカップに髪の毛が混入してしまうこともありますが）。

そんなサービスを受け続ける中で僕はどんどん傲慢《ごうまん》になっていき、「自分に合わない」だの「余計なお世話」だのと文句を垂《た》れては転々と美容院を彷徨《さまよ》うモンスターになっていたのかもしれません。

僕は大いに反省しました。

そんな僕の心情をよそに、髪のセットも最終段階に差しかかっています。

「クールグリスっていうのを使うといいですよ。知ってます？　クールグリス」

「あ、いえ、知らないです」

「クール、えーと、C、O、O、L……」

(綴《つづ》りが分かんないわけじゃないよ！)

美容師さんの中での僕の評価が気になるところです。

セットも完了し、施術自体は非常に満足するものでした。

一方で、ほかの美容院以上に気を遣《つか》いそうな気もするので、自分のテンションや体調次第ではこの緊張感に耐《た》えられない可能性もあります。

ただこの美容院にはもう一度、日を置いて行ってみたいと思うのでした。

नमस्तेनमस्त

下見

デートの下見をしたことがある、と言うと驚かれるので、ひょっとするとそれをしたことがある人は少数なのかもしれません。とはいえ僕も毎回下見をしていたわけではなく、今までの人生において片手で数えられるほどですので、「デートの下見をしたことがある勢《ぜい》」の中ではかなり少ない部類と言えるでしょう。

特に覚えているのは、今から十年ほど前に行ったデートである間違いをおかしてしまったこと。

それは当時の僕にとって久しぶりのデートでした。そもそも、学生時代などは自らデートプランを考えたことなどなく、ほとんどがお付き合いをしていた相手のプランに全乗っかりという状態だったので、ファッション誌などに載っていそうなデートの知識もスキルもまるで身に付いていませんでした。

しかし、自らお誘いをしておいて「ところでプランは全部お任せします」というのはあまりにも酷《ひど》いだろうと考えた僕は、当日のデートコースを練り上げることにしました。

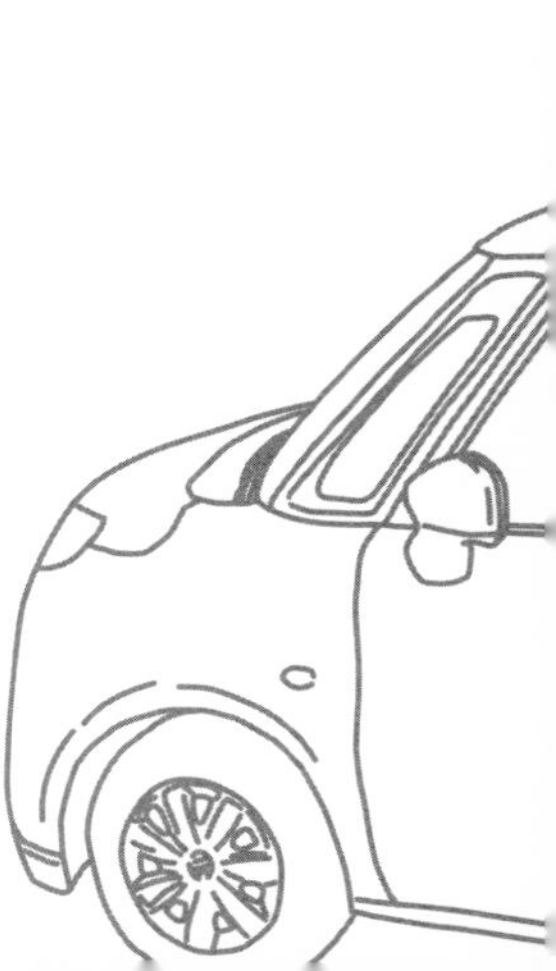

「映画に行きましょう」という名目でお誘いしていたので、映画館に行くことは必須《ひっす》です。問題は、その映画の前後でどこに行って何をするか――ここで個性が出るだろうと考えた僕は、いったい何をすれば好印象を持たれるのかと悩みました。

季節は冬、それもクリスマスが近い時期。

かなり悩んだ挙句《あげく》、映画を観《み》た後、表参道《おもてさんどう》にイルミネーションを見に行くことにしました。インターネットで「デートスポット」と検索すれば一番上に出てくるくらいの、驚くほどありきたりなプランでしたが、だからこそ間違いはないだろうと考えたのです。

表参道から一番近い映画館は渋谷《しぶや》。渋谷から表参道までのルートを地図で確認したところ、おそらく歩いても十五分ほどですので、問題ないだろうと判断しました。

これでデートの準備は十分なはずなのですが、ここからさらに、僕は下見をしに渋谷へ出かけました。

僕はその当時、下見をするのはより完璧《かんぺき》なデートプランを練り上げるためだと考えていましたが、今思えば不安で仕方がなかったのだと思います。

渋谷から表参道まで、実際に自分の足で歩いてみれば、より正確な時間を計測できますし、それに合わせてディナーの予約もできます。

それはつまり、「まだ夕飯までの時間じゃないからどうしようか」というイレギュラーな要素を前もって潰《つぶ》しておくことが可能なのです。

映画の感想を言い合うだけでは足りず、道中で沈黙が訪れてしまったらどうしよう、という不安も、前もってルートを確認していれば時間配分もできますし、また、どこにどんなお店があるかも把握《はあく》できるため、それに関した話題を用意しておくことで、ある程度解消することが可能です。

今でも、このデートのプラン自体は間違ってはいなかったと思います。

では何を間違えたのかといえば、それはまず、「選んだ映画」でした。

以前、初デートで『リーサル・ウェポン4』を選択して失敗したというエピソードを記しました（「映画デート」、『今日もぼっちです。』所収）。相手はこのシリーズを観ていないのにいきなり「4」、しかも出演している俳優ジェット・リーを自分が見たいだけという理由で選んだことが大きな間違いだったのですが、それから十数年の時を経て、また間違えてしまったのです。

今回選んだ映画は『宇宙人ポール』というコメディ映画でした。

誤解をしてほしくないのは、もちろんこの映画もとても面白いのです。

ただこの映画は、多くの映画のパロディが詰め込まれているため、それらを知っているとより面白いというタイプだったのです。

僕はその当時たくさん映画を観るように心がけていたのですが、それでも半分以上分からないネタがありました。

一緒に観に行った彼女も分からないネタがたくさんあったようですが、若干《じゃっかん》僕のほうが分かる部分が多かったようです。

「あそこであの俳優さんが出ていたのはね、昔『エイリアン』って映画で……」

「あの場面で流れていた曲は『スター・ウォーズ』の酒場で流れていた曲で……」

「そもそも主演のサイモン・ペッグとニック・フロストとは別の映画でも……」

くどくどくどくど……。

渋谷の映画館から表参道へと向かう道すがら、僕は元ネタを理解することができた喜びから、それを共有したくて口早に説明をしました。

彼女の目に僕はどう映っていたのか、今考えるだけでも恥ずかしいです。

映画の知識でマウントを取ってくる年上の男性――『妖怪大事典』に載っていても不思議ではありません。

彼女は映画の情報を知りたかったのか知りたくなかったのか、それは今の僕にも分かりませんが、彼女は言葉少なになり、そして僕もまた話のタネが尽きてしまい、気まずい雰囲気になりました。

そこで、前もって下見をしていた経験を活《い》かしました。

渋谷から表参道までの途中に「ROSE BUD」というお店があることを知っていた僕は、「これは『バラの蕾《つぼみ》』という意味で、『市民ケーン』って映画に使われている言葉なんだよ」と用意してあった知識を披露《ひろう》しました。

「『市民ケーン』は観たことある?」

「ありません」

僕はまた映画の知識を披露していました。

思えばこの時、映画を観るかゲームをする以外の趣味がなく、また観た映画の感想を言い合う人がいなかったため、その想《おも》いのぶつけ所に困っていた僕は、隙《すき》あらば会話に映画の話を捻《ね》じ込みたくて仕方のない人間になっていた気がします。

ぼっちの弊害《へいがい》と言うべきなのでしょうか。

そして、さらに言葉少なになった僕らは、このデートのメインイベントであるイルミネーションで飾られた表参道に辿《たど》り着きました。

その光景は確かに綺麗《きれい》だったのですが、僕は先日に下見してしまっているため、正直なところそこまでの感動はありません。

夕食に何を食べたかあまり覚えていないのですが、その後、彼女とお付き合いをするということもなく、また、どこか別の場所にお出かけした記憶もありません。

その後、僕はデートの下見をすることはなくなりました。

デートの下見をすること自体は悪い行為ではないとは思いますが、自分の不安を解消するためだけでなく、相手のことも考えなければならなかったのだな、と今更ながら思うのでした。

○○占い

僕の周りで星占いや血液型占いが話題にのぼると、僕のほうを見て、「また例のやつが出るか？」というような空気になります。

それは以前、僕が「○○占い」といったようなものが好きではないと公言していて、しかもかなり体温を上げて唾《つば》を飛ばして言っていたので、それを面白がって「これはまた始まるぞ」といった顔になるのだと思います。

しかし、実際のところそういった「○○占い」の話題に明確な拒否反応を示していたのは二十代中盤から後半くらいのことであり、今はその余波で少しケンケン言うだけで、それほど嫌というわけでもありません。

そもそもどうして星占いや血液型占いが苦手になったんだっけ……と考えてみたところ、小学生時代に起こったある出来事がきっかけかもしれないと思いつきました。

今の子供たちはどうなのか分かりませんが、僕が小学生だった当時、星占いや血液型占いといったものがかなり流行《はや》っていて、一日に一度はクラスの誰かがその話をしているといっ

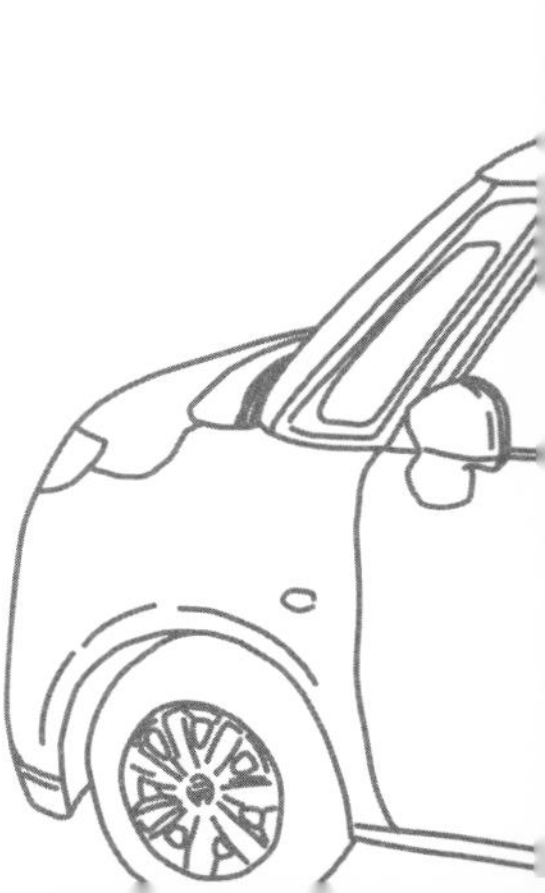

ても過言ではないくらいでした。また、当時『週刊少年ジャンプ』で連載されていて、アニメ化もされていた『聖闘士星矢《セイントセイヤ》』も星占いブームに拍車をかけていたと思います。『聖闘士星矢』に登場するキャラクターたちはそれぞれ星座の名前が付いた装備を身に着けているのですが、それが星占いにも登場する星座名だったので、自分の誕生日はどのキャラクターなのか、そのキャラクターがどのような活躍をするのかを一喜一憂《いっきいちゆう》しながら見ていました。

僕は十二月二十二日生まれで、対応する星座は「射手座《いて》」でした。『聖闘士星矢』で「射手座」はアイオロスというキャラクターで、物語の核となる女性を間一髪《かんいっぱつ》で救い出した、とても格好よいキャラクターでした。彼の使用していた装備はのちに主人公の星矢が身に着けることになるというストーリーも相《あい》まって、僕は「射手座」という自分の星座を誇らしく思ったものです。

しかしある時、テレビ番組の占いのコーナーを見ていると、自分の誕生日である十二月二十二日生まれの人は「山羊座《やぎ》」だとされていたのです。

そんなはずは……と見返してみましたが、「射手座」は十二月二十一日までで区切られていて、僕の誕生日は「山羊座」になっていました。

（え？　星座って変わるの⁉）

血液型と同じく、一生変わることのないものだと思っていたので、僕は驚きました。

それからというもの、自分の星座がどうなっているのか敏感に気にするようになったのですが、雑誌やテレビによってまちまちで、「射手座」と書かれているものもあれば「山羊座」と書かれているものもあり、自分の星座はいったいどちらなのか分からなくなってしまったのです。

占星術的にはこれを、星座と星座の境界線――「カスプ」と呼び、十二月二十二日は射手座と山羊座の境界線に位置する日付らしいのですが、当時の占いにそのような説明はなく、自分の星座は日々ころころと入れ替わり、そしていつしか「山羊座」に落ち着きました。

『聖闘士星矢』において「山羊座」のキャラクターはシュラ。めちゃくちゃ強いのですが、お世辞にも性格がいいとはいえず、しかも先述したアイオロスを半殺しにしたという過去がありました。

主人公側のアイオロスというキャラクターから、一転して敵方に変わってしまったことで、誇らしいとまで思っていた自分の星座に対する気持ちは一気に冷めてしまったのです。

加えて弓のイメージがある「射手座」に対して山羊はなんだか弱そうですし、可愛《かわい》いというわけでもない、というのも大きく作用していたかもしれません。

そして僕は疑問に思いました。

(今まで一喜一憂してきた自分の運勢はいったい何だったんだろう?)

もちろん、その時点での占いなので、結果は正しかったのかもしれません。

けれど、どこか心に引っかかりを覚えてしまったのも事実でした。

あっちの雑誌では射手座、こっちのテレビでは山羊座という区分けをされているけれど、占った媒体《ばいたい》次第で自分の運勢が一位になったり最下位になったりと変わるのはちょっと変じゃないか？

そもそも、射手座だ山羊座だと区分けをされている人がこの世界にいったい何人いるのか、そのすべての人が同じ運勢なんてことはあるだろうか——と疑問は駆け巡ります。

そして、僕は星占いのコーナーを全く見なくなってしまいました。

冷めてしまったのは星占いだけでなく、血液型占いも同様で、その手の話題になると距離を取ったり、あるいは発信者に対して攻撃的になったりしたものです。

ただ、血液型占いに関しては、もし僕が違う血液型であったら、考え方が違っていた可能性は否定できません。

僕はA型なのですが、子供の頃はB型やAB型に憧《あこが》れていました。その理由は単純で「格好いいと思ったから」です。星占いと同じく、小学生当時流行っていた血液型性格診断にて、B型は変わり者、AB型は気まぐれといった特殊《とくしゅ》な感じに対し、A型は几帳面《きちょうめん》という、なんとも面白くないものだったのです。

また、僕の周りにはB型やAB型の人が少なく、その希少《きしょう》さも相まって羨《うらや》ましく感じていました。

なので、もし僕がそれらの血液型だったら、変わり者、気まぐれだと思われたいがために血液型占いを信奉《しんぽう》していた可能性もあります。

ここまで書いてきて分かったことは、結局のところ僕はそういった「○○占い」を使ってどうにか自分を格好よく見せたかったけれど、それができなかったのだな、ということでした。

僕の運命を決定づけた「射手座」から「山羊座」への変更劇。

あの頃の僕が「カスプ」という特殊な日に生まれていたことを知っていたら、また違った人生を歩んでいたのかもしれません。

追記

そういえば一時期「へびつかい座」なる星座が星占いに混ざりこんでいた気がするのですが、あれはどうなってしまったのでしょうね。

陶芸体験

陶芸《とうげい》教室の体験コースに行ってきました。

こうしてエッセイを書かせてもらっているおかげで「一人でできる活動は何だろう?」と考える時間が増えました。そして、そんなことを考えながら街中を歩いていると、いたるところに「〇〇教室」という看板が掲《かか》げられていて、今まで見すごしていたけれど、世の中には様々な教室があることに気が付きました。

ギター教室、ヨガ教室、料理教室、社交ダンス教室、ｅｔｃ．。

何かしら体験してみたい、と考えた時に真っ先に候補に挙がったのが「陶芸」だったのです。

僕自身、陶芸を体験したことは一度もなかったのですが、僕の兄が小学生の頃、授業で陶芸に触れる機会があったようで、実家の戸棚《とだな》には兄が作った湯呑《ゆのみ》がありました。かなり歪《ゆが》んだ湯呑で、下手《へた》くそな字で兄の名前が彫られていましたが、それを使用する兄を見ては少しだけ羨《うらや》ましく思っていましたし、兄がいない時にこっそりと使ってみたこともあります。

味は変わりませんでした。

また、僕が通っていた大学には芸術学科の陶芸コースがあり、その陶芸コースの生徒と知り合う機会があったのですが、彼は風の吹くまま、気の向くまま生きているような雰囲気《ふんいき》を持っていて、陶芸に携《たずさ》わる人はこんな感じなのか（彼だけが独特であったのかもしれませんが）、とちょっと憧《あこが》れを抱いたものです。

また、僕はワイシャツのボタンが取れても自分で付けられますし、卵も片手で割れるので、おそらく器用なほうだと思うのです。なので、陶芸においてもその器用さは活《い》かされるだろうという予感もありました。

いざ、陶芸教室の体験コースを受講しようと調べてみたところ、自分の家の近所に結構な数の陶芸教室があることが分かったのですが、教室によって体験できる内容はまちまちで、作った器《うつわ》を焼いてくれるところもあれば、ただ形を作るだけで終わるところもあります。

また、「手びねり」と「電動ろくろ」という二つのやり方があり、作り方そのものが違う場合もあるようでした。

せっかくなら、自分で作った器をそのまま自宅で使いたいので、少し遠方でしたが、電車で三十分ほど離れた場所にある都内某所《ぼうしょ》の教室を予約しました。

ここは電動ろくろを使うタイプの教室で、体験コースも三段階に分かれているようです。

まず、電動ろくろを使って器の形を作る体験。

そして、それらを削って柄《え》を付けたり、取っ手を付けてコップにする体験。

最後に、釉薬《ゆうやく》を使って色付けをする体験。

それぞれその都度お金がかかるようでしたが、最初の形を作る体験だけでも器を焼いてくれるようなので、まずは器を作ってみて、そこからどうするか考えればよいでしょう。


体験コース当日。駅から少し離れた閑静《かんせい》な住宅街にその教室はありました。

小さなマンションの一階で営業している教室で、看板がなければそれと気が付かなかったかもしれません。

勇気を出して中に入ると、電動ろくろが左右に四つずつ並んでいる部屋へと案内されました。中には年配の女性と若い男性、それとろくろの前に置かれた椅子《いす》に座っている二組の女性たちがいました。年配の女性がこちらに近づいてきて、僕の名を呼びます。

「もう一組予約している人たちがいるんだけど、ちょっと遅れているみたいだから、あちらに交ざって説明を聞いてくれる？」

示された方向に目を向けると、先着していた二組の女性たちの前に若い男性が立っていて、これから陶芸の体験コースの説明をする旨《むね》を伝えていました。

本来であればおそらく、この若い男性が女性二組を担当し、僕と遅れてくる人たちを年配の女性が担当するという形だったのでしょう。

男の先生が説明を始めるために電動ろくろの前に座ります。

円盤の形をしたろくろの上には、アリ塚みたいに灰色の土が盛られていました。

「まず、たっぷりと手を水で濡《ぬ》らしてから、土の上を平らにして、そこに親指を入れます。そこにもう片方の親指を入れたら、それをゆっくりと広げていきましょう。ここが器の底になります」

そう言いながら先生が実演してくれます。手元を見ると、アリ塚の頂上にぽっかりと穴が空《あ》いていました。

「そして、外側の土を下から上へ少しずつ押し上げていって、器の側面を作っていきます」

先生が左右の指を器用に動かすと、見る見るうちに側面が盛り上がっていき、あっという間に湯呑のような形になりました。

「自分の好きな形、好きな大きさになったら声をかけてください。ただ、焼くと小さくなってしまうので、少し大きく作っておくのがいいと思います。最後に糸で切って完成です」

簡単そうに言っていますが、これらはすべて熟練の技術の為《な》せる業《わざ》であることは明白で、一筋縄《ひとすじなわ》ではいかなさそうな作業であることが見て取れます。

説明が終わると、生徒たちはそれぞれの席に座り、作業を開始します。

僕もまた指定されたろくろの前に腰を下ろし、盛られた土と向き合いました。

体験コースの時間は一時間。その間に、この量の土から作れるのはだいたい四個くらいだろうと説明がありました。僕はこの体験コースで茶碗《ちゃわん》と湯呑、それからサラダボウルのようなものを作れたらよいと思っていたので、まずは作りやすそうな湯呑から挑戦してみます。

ろくろのすぐそばに置いてある桶《おけ》で手を濡らし、盛られた土に触ります。

ペタペタとした土は粘土よりも柔らかい感触でした。

ゆっくりと親指を突き刺し、それからじわじわと両手で広げていきます。

そして、先ほど先生がやっていたように側面を押し上げようとしたのですが、これがなかなか難しく、思うように高くなってくれません。

「何を作ろうとしていますか？」

男の先生が声をかけてくれました。

「まずは湯呑を……」

「なるほど、ちょっとこうしてみたらいいと思いますよ」

そう言って先生が補助をしてくれると、みるみると側面が立ち上がっていきます。

円柱形の湯呑であればもうこれで完成なのですが、上部分を少し広げたいと思った僕は、そこから慎重に穴を広げる作業にかかります。

電動ろくろは基本的に回り続けています。

左右均等に力を入れれば自然ときれいな円の形になるのですが、少し力加減が違ってしまうと、あっという間に歪んでしまうのです。それを再び元に戻すのはなかなか困難で、思ったようにいくことのほうが稀《まれ》でした。

ふと周りを見ると、遅れていた一組のグループがやってきたようで、年配の女性が陶芸コースの説明を始めるところでした。また、男の先生は自分の担当である二組に声をかけながら熱心に見守っています。

遅れてきた二人も女性で、気が付けば受講している男性は僕一人だけ。

おまけに、一人で参加しているのも僕だけでした。

ただ、基本的に陶芸はろくろに盛られた土と向き合いながら作業をしていくので、一人で来ていること自体に特に不自由は感じません。

少し計算外だったことと言えば、男の先生は元々担当だった二組に注意を向けていることと、女の先生は遅れてきたグループに説明をしていることで、僕が放置されている時間が長いということでしょうか。

湯呑の形が出来上がったのですが、これで問題がないのか、焼くためにはもう少し厚くしたほうがいいのか、自分では判断がつかないのです。

しばらく悩んでいると、再び男の先生が声をかけてくれました。

「とてもいい感じですね。あとはもう少し厚みを持たせてあげたほうがいいかもしれません」

そう言って先生が手を触れると、薄かった縁《ふち》がゆっくりと厚みを増していき、また、歪みもきれいに整っていくのです。

そして、そのまま先生が底の部分に糸をぐるりと巻き付けて切り離し、湯呑が完成しました。

最終的にはほぼ先生の作品だな……などと思いつつ、次は茶碗に取りかかろうとすると、今度は女の先生が声をかけてくれます。

「あら、上手じゃない！　やったことあるの？」

「あ、いえ……それは」

あちらの先生がやってくれた、とは言い出せず、僕の手柄《てがら》になってしまいました。

その後も、放置気味かと思いきや、それぞれの先生から見てもらえ、その都度実力を勘違《かんちが》いされながら、茶碗、サラダボウルと完成させていきます。

どの器も最終的に先生が形を整えてくれるのは、これが体験コースということもあるでしょうし、その後に器を焼くので、そこで割れないようにするため、というのもあるかもしれません。また、器を焼くのは別料金がかかるようなので、あまりにも不格好だとそもそも焼かないでやめてしまう人がいるかもしれません。

それらを防ぐために、形をしっかりと整えてくれるのでしょう。

僕は最後にもう少し大きな湯呑を作ることにしました。

初めに作った湯呑は現段階でぴったりの大きさなので、おそらく焼きあがると少し小さくなってしまうと感じたからです。

ここまで三つほど作り、もう慣れたものだと思っていたのですが、やはりなかなか思うようにいきません。力加減を間違えてしまうと歪みが発生し、その歪みが強くなりすぎると破れてしまうのです。

電動ろくろは回り続けているため、その破れた土がぐるぐると回り続け、扇風機みたいな感じになります。こうなると僕の力ではどうすることもできません。

ここで、誰かと一緒に来ていたのなら「うわぁ！　大変なことになっているぅ！」などとおどけて楽しむこともできたのでしょうが、一人で来ているとそうもいきません。

「あらあらあら……」

僕は品の良いお婆《ばあ》ちゃんみたいな小さなリアクションを取ることしかできませんでした。

どうにかしなければ、と破れたそれらを強引に鷲掴《わしづか》みにし、元の形に戻そうとしたのですが、元の状態には戻らず、いびつに歪んだ塊《かたまり》が回り続けることになりました。

結局、先生の手を借りることになったのですが、時間的にも、残りの土の量的にも大きな湯呑はあきらめて、小皿を作ることにしました。

そして、四つの器が完成したところで体験コースは終了となります。

改めて出来上がったものを見てみると、そのどれもが整った形をしていました。

それはまるで、素人《しろうと》の自分が作ったものとは思えないほど……。

自分には陶芸の才能があったのだ、と思うには、いささか無理のある整い方でした。

すべての器が完成すると、先生がそのサイズを測り始めます。焼き上げは別料金であると先述しましたが、サイズが大きければ大きいほどその値段も上がるようです。

僕は四つの器を作りましたが、すべてを焼くと合計で六千円ほどかかるようでした。そして、それとは別に体験料金が加算されます。

削りの工程は体験せず、このまま塗《ぬ》りの工程に進むつもりでしたが、それでも合計で一万三千円ほどになるでしょう。

決して安い料金ではありません。

しかし、ここまで来たのだから……と自分に言い聞かせ、僕はすべての器を焼いてもらうことにしました。

ここから二週間ほどで素焼きが上がり、それから色付けの工程に移るようです。

僕は色を塗るのが下手なのですが、筆で塗るというよりは釉薬に漬け込むタイプのようなので、多少安心をしています。

まだ食器として完成したわけではありませんが、かなり楽しい体験ができました。

Ｍｙろくろ、Ｍｙ工房が欲しいとまで思いましたが、それは老後の楽しみにとっておこうかと思います。

ぐにゃ～

兄とのルール

僕には四つ年の離れた兄がいます。

兄弟仲は悪いわけではなく、むしろ良好であったと思うのですが、思春期にさしかかると子供部屋の真ん中に二段ベッドを移動させて分割し、それぞれの部屋に見立てて生活をしていました。

また、これも思春期を迎えた兄弟特有のものであると思うのですが、それぞれが所有している漫画に手を出すことを禁止していました。

兄は僕以上に漫画やアニメが好きな、いわゆる「オタク」と呼ばれる存在で、子供の頃からたくさんの漫画を集めていたのですが、僕が小学校高学年から中学一年ぐらいまで、それらの閲覧《えつらん》を禁止されていたのです。

しかもこのルールには、「互いの漫画を読んでしまったことが判明した場合、違反者が所持している漫画の所有権がシリーズごと奪われる」というかなり大きな罰則《ばっそく》が設《もう》けられていました。

この罰則、どのタイミングでどちらが考案したのか覚えていないのですが、子供ながらにデスゲームや異能力バトルさながらの恐ろしいルールを考えたものです。

小中学生の少ないお小遣《こづか》いで買える漫画はさほど多くありません。漫画はたくさん発売されますが、買えるものは限られます。

年齢のほど近い兄弟がいると、それぞれ別の漫画を購入することでより多くの漫画を揃《そろ》えることができるので、一人っ子の同級生などには羨《うらや》ましがられたりもするのですが、それを自ら封印してしまうというデメリットしかないルールでした。

ここまで書くと、これはかなり険悪な仲なのでは……と感じてしまうと思いますが、実際のところ口喧嘩《くちげんか》もしませんでしたし、家族で出かける時にもともに行動していました。

おそらくですが、思春期特有のモヤモヤ、イライラの発散のさせ方がお互い分からず、ただ暴力的な行為に走るのはためらわれたため、「お互いの所有物に手を出さない」という取り決めを交わし、その罰則まで設けていたのだと思います。

自分の所持している漫画しか読めない。

そうなってくると、途端に相手が所持している漫画を意識してしまいます。

当時、僕は『週刊少年ジャンプ』に掲載されているような人気の少年漫画を集めていたのですが、兄はその頃から僕とは違ったアンテナを持っていたのか、『月刊少年ジャンプ』で連載されていた『死神くん』や『闇狩人《やみかりうど》』といった、当時の小中学生が読むには少し硬派に思える漫画を購入していたのです。

いったいどんな漫画なんだろう……という興味を抑えるのはかなり難しいことでした。

僕は兄が不在の時を見計らっては、兄の書棚《しょだな》を物色し、気になる漫画を片っ端から読み、元の状態に戻すという行為を何度も行うようになりました。

空巣《あきす》のような行為ですが、しっかりと元の棚に戻せば、なかなかバレるものではありません。

読んでいたことさえバレなければ、罰を受けることもない……はずなのですが、僕の犯行がバレて漫画を没収されるということがたくさんありました。

理由は簡単で、ほとんど自白していたからです。

僕は当時から、読んだ漫画や見たアニメの影響をもろに受けてしまうタイプで、口調を真似《まね》てみたり、ポーズを練習したりと、その作品の誰かになりきろうとする癖《くせ》がありました。


ある日、家族で出かけていた時、テンションがあがっていたのか何なのか、僕は何の気なしにある漫画のタイトルを呟《つぶや》きつつ、登場人物がやりそうなポーズを取ってしまったのです。

(正確に言えば『闇狩人』と呟きながら、木の枝を刀のように構えるポーズをしました)

当然、兄は「僕の漫画を読んだだろう」と指摘してきます。

僕は「違う、読んでない」と否定するのですが、ポーズを取ってしまったことがその証拠となり、結果として自分が持っている漫画シリーズを没収されてしまうのでした。

ちなみに、僕が兄の蔵書を没収したことは一度もありません。

そして、それぞれが成長するとともに、いつの間にかそのルールはなくなっていたと思います。

僕が高校生活も半ばを過ぎた頃には、真ん中を仕切っていた二段ベッドも部屋の端に置きなおし、一部屋を二人で大きく使うようになっていました。

お互い漫画やアニメが好きなのですが、その趣味の方向がやや違ったことも幸いし、それぞれが好きな分野のものを集め、それを共有しあうというところに落ち着きました。

うまく住み分けができていた中、一度だけ、兄が僕の所有する漫画に対して所有権の譲《じょう》渡《と》を強く主張してきたことがあります。

僕が高校生一年生の時、地上波で『新世紀エヴァンゲリオン』というアニメの放送が始まりました。

このアニメを何の気なしに見たのですが、「すごいアニメが始まった……」と感じた僕は、「すごいアニメが始まったぞ」とすぐ兄に伝えました。

翌週、兄もそのアニメを見て、言葉を呑《の》んでいました。

おそらくは僕と同様の感想を持ったのだと思います。

その時僕はすでに本屋に駆け込んでいて、一巻だけ出ていた『新世紀エヴァンゲリオン』

の単行本を、自分の嗅覚《きゅうかく》の鋭さを自慢するかのように兄に見せつけました。

『新世紀エヴァンゲリオン』は僕の所有物であり、これから集めるのも僕になるのです。

するると兄が、かなり真剣な顔でこう言ったのです。

「お前はすべての関連グッズを集めることができるか？」

僕は初め、兄の言うことがピンときませんでしたが、室内をゆっくりと見渡してみると、やがて理解しました。

当時、様々なアニメが放送されていましたが、メディアミックスも盛んに行われており、アニメーションの本編が記録されたVHSやレーザーディスクだけではなく、漫画になったりゲームになったり、様々な形で関連商品が販売されていました。また、ゲームに登場するキャラクターがなぜか歌を歌ったり、本編とは関係のないドラマCDが発売されたりと、謎の広がりを見せていく場合もあり、アンテナを相当広げていないと取りこぼしてしまうアイテムがたくさんあったものです。

しかし兄は、元々コレクター気質があったことと、僕より四つ上であるという年齢からくる財力も相《あい》まって、かなり色々なアイテムをコレクションしていました。

「このエヴァンゲリオンというアニメはおそらく関連商品もたくさん発売されるだろう。しかし、俺ならそのすべてを集められる」と兄は言ってきたのです。

それは兄の覚悟でもあったと思います。

まだ一度しか見ていないアニメに対して「俺は全部集めるぞ」と言ってのける兄の覚悟は相当なものだと、僕は息を呑みました。

結局、僕は手にしていた『新世紀エヴァンゲリオン』の一巻を兄に渡し、その所有権も譲渡しました。

それから、兄は取り憑《つ》かれたように、様々な『新世紀エヴァンゲリオン』関連のグッズを集め始めました。

例えば缶コーヒーとコラボレーションしていた時は、好きでもない缶コーヒーを買っていましたし、ゲームセンターのクレーンゲームの景品になった時は、頑張って獲得してきたであろう人形が部屋に並んでいたものです。

当時は気軽にグッズを交換、あるいは売買するシステムも盛んではありませんでしたから、かなり苦労したことでしょう。

もちろん、兄は関連グッズのすべてを集められたわけではないと思います。

テレビ放送を終えた『新世紀エヴァンゲリオン』ですが、その後もたびたび映画化され、なんと二〇二一年に映画公開された『シン・エヴァンゲリオン劇場版𝄇』まで続く長いシリーズとなっていったのです。

僕らがアニメを見始めたのが一九九五年のことですから、それから二十六年の間に様々な関連グッズが発売されたことでしょう。

それらすべてを集めるのは到底無理なことです。

それでも、兄のフェイスブックを見ると、『新世紀エヴァンゲリオン』と『はま寿司《ずし》』がコラボレーションした際にもちゃんと通っていたらしいので、やはり兄に任せて正解だったなと思いました。

そんな兄はここ数年、ボードゲームを趣味としていて、正月などに家に帰った際は僕と二人で興じることもあるのですが、昨今のコロナ禍《か》により仲間とボードゲームをする機会が減ってしまったと嘆《なげ》いておりました。

兄のためにも、早く事態が収束するとよいなと思っています。

推し

「推《お》し」というものがない人生でした。

例えば音楽。子供の頃から様々な楽曲に触れていましたが、曲は良いと思ってもアーティスト本人には興味が向かなかったり、良いと思った曲だけ買ったり、バンドの曲はすべて買うけれど、メンバーの名前は言えなかったり、ライブには全く行くことがなかったりと、明確に「自分はこの人を推している！」と思うことがありませんでした。

また、好きなアーティストができたとしても、その人のことを好きな他の人、かつ好意の熱量の高い人が現れた時、その熱量に押されて、「自分はそれほどじゃないな……」と少し冷めてしまうなんてこともありました。

自分は物事に対して執着がないというか、少し淡泊な部分があるという自覚はあったので、おそらく「何かを推す」ということはないのだろうなと思っています。

そんな僕ですが、数年前に毎週観《み》続けていたドラマがあります。

それは関東圏のテレビ局にて日曜日の朝に放送されていた番組で、仮面ライダーや戦隊ヒ

ーローもののように四人の女の子が変身をして悪人と戦うという女児向けのドラマでした。

日曜日に早く起きた僕は、テレビで流れていたこのドラマを何の気なしに観始めました。

途中から観たのでストーリーは全く分からないのですが、登場人物の女の子がポップコーンにされてしまい、その女の子は「人生に一回くらい、ポップコーンになるのも悪くないし」と明るく対応、友達にポップコーンを食べさせるために汗を流し、出てきたポップコーンの味が塩味であったという、気が利いているのか気持ち悪いのか分からないようなお話が展開していました。

ストーリーは大味な部分もあり、「子供向けだからこんなものなのかな?」と思ってしまうこともあるのですが、細かな部分でネジが外れているエピソードを披露《ひろう》してくるこのドラマを、気が付けば楽しみにしている自分がいました。

ただ、純粋にドラマを楽しんでいるというよりは、作り手のギリギリのところを攻めたシナリオを楽しみにしている、と言ったほうがよいのかもしれません。

それからは、毎週日曜日の朝になるとそのドラマを観る生活になりました。きちんと録画予約も済ませておき、寝坊対策もバッチリです。

しかし、僕が観始めた頃には物語も後半に差しかかっていたため、まもなくこのドラマは終わりを迎えてしまいます。

仕方がない、残り少ないコンテンツを楽しもう……と現状を受け入れていたのですが、このドラマがちょっと特徴的だったのは、メインの登場人物四人がすべて同じパフォーマンスグループに所属していたのです。

そして、そのグループがドラマの主題歌も歌うという徹底ぶりで、ドラマからグループに、あるいはグループからドラマに人を流すという分かりやすい動線が敷かれており、僕はまんまと、いや、導かれるようにそのルートを辿《たど》り、同グループの楽曲を聴くようになっていました。

そのグループはドラマに出演していた四人だけでなく、他に五人のメンバーがいます。ですので、例えばＰＶにて少人数が映し出される場合も多数の組み合わせが存在しているのですが、その四人のカットが見られた時は「これはエモーショナルですね」と自然と笑《え》みがこぼれるのでした。

そのグループを推しているわけではないので、メンバーの名前は誰も分かりません。さらに言えば、ドラマに登場している四人も、役名と芸名が違うため分かりません。

けれど、不思議と楽曲を聴くと元気が出ます。

そのグループは二〇二〇年に初めてのライブツアーを予定していたのですが、コロナ禍《か》ということもあり、ライブが全くできない状況であったようです。またドラマのほうも、本来であれば放送中に劇場版が公開されて、その勢いのままドラマ最終回に向けて盛り上がっていくはずだったのですが、公開が延期になってしまい、ドラマの最終回の後に映画が公開されるという予定外の状態になっていました。

一応映画も観に行きましたが、こちらは完全にお子様に向けて作られている仕様（観に来ている子供たちに応援を促すシーンがある）であったので、一人で観に行った自分は多少の居心地《いごこち》の悪さを感じてしまったというのが正直な気持ちです。

しかも、コロナ禍での上映だったので声を出すことは禁止されており、劇中でも「心の中で応援してね」というような演出にされていたのは、少し胸が痛みました。

やがてドラマが終わり、日曜日の朝の楽しみがなくなってしまいました。

グループのほうの楽曲も色々と聴いてしまった僕は、どうしたものかなと腕組みをしていたのですが、そのグループにファンクラブなるものがあることを知りました。

ファンクラブに加入すると、特典映像が見られるらしく、その中には僕が観ていたドラマに関するものもいくつかあるようでした。

僕は今までファンクラブというものに入会したことがありません。

まあ、物は試しかな……と入会手続きを行ってみたところ、次のような質問項目が表示されました。

・〇〇（グループ名）を応援してるお子さんはいますか？

答えは「いいえ」なので、そちらを選択すればよいだけの話です。

ですが僕はここで「うっ」と固まってしまいました。

（あっそうか、そもそも基本的にはお子様向けのコンテンツ……）

僕は独身四十歳オーバー。

なぜか焦《あせ》りを感じ始めた僕は、そのままブラウザを閉じました。

本来であれば、「好き」という感情はもっと自由でよくて、自分の年齢や境遇《きょうぐう》など気にする必要はないのだと思います。

そう理解しているはずなのですが、「自分みたいな人間が好きだと宣言することで、そのグループとファンが彩るカラフルな色彩に暗い一滴を落としてしまうかもしれない……」という恐怖のほうが先に来てしまうのでした。

そんなこんなで、ファンクラブのことは諦《あきら》め、ひっそりと、ネットで時折更新される音楽や映像コンテンツを楽しんでいます。

こんな僕ですから、おそらくまだ「推している」という状態ではないのだと思いますが、自分のペースで応援していこうと思う今日この頃でした。

追記
ちなみに二〇二一年、そのグループのライブのチケットが取れました。
楽しみにしている周りの子供たち、その付き添いの親御さんたちが不審がらないだろうか……と、かなり不安になったのですが、コロナの影響で客席は座席の間隔《かんかく》を空《あ》けた状態での鑑賞であったことが幸いし、それなら僕が行っても多分大丈夫だろうと勇気を出し、ライブを鑑賞することができました。

とても楽しかったこともあわせて記しておきます。

オンライン

今から十数年前、僕はとあるギルドのリーダーとして活動していました。

もちろんこれはオンラインゲーム上での話です。

「MMORPG（マッシブリー・マルチプレイヤー・オンライン・ロール・プレイング・ゲームの略。正式に言える人はほぼいない）」の興隆期《こうりゅうき》とも言える時代であり、ファイナルファンタジーXI、ラグナロクオンライン、ファンタシースターオンライン、リネージュIIなどのビッグタイトルが目白押しで、「MMORPG」という言葉が世に広がり始めた頃だったと思います。

僕が始めたMMORPGはこうしたビッグタイトルではなく、動物をモチーフとした可愛《かわい》らしいキャラクターがモンスターを狩って強くなっていくというゲームでした。

ゲームを始めた当時、僕は大学を卒業しコント活動をしていた時期で、アルバイトをしながら表現活動に勤《いそ》しむ傍《かたわ》ら、暇《ひま》つぶしのつもりで遊び始めたのがきっかけです。それまであまり本格的にMMOを遊んだことがなかったのですが、何の気なしに始めたそのゲームに、

気が付けばドップリとはまっていました。

まだ遊び始めたばかりの頃にパーティーを組んだ人と仲良くなり、すぐにフレンド登録（ゲーム内で簡単に個別にチャットを送ったり、パーティー申請を送ることができる機能。そのゲームを起動しているかいないかは、名前の色で判別できる場合が多い。時折、仲のいいフレンドの名前の色が変わるまで眺《なが》め続けていることもある）をし、その次の日も、そのまた次の日も一緒にレベルを上げていました。

当時僕は二十代中盤、現実世界ではコントグループのメンバー以外とは連絡を取らなくなってきていたのですが、オンラインゲーム内でも同様に社交的ではなく、フレンド欄《らん》はいつもスカスカのままでした。

しかし、毎日のようにゲームを起動しては熱心にレベル上げをしていたものです。

いつも遊んでいる数少ないメンバーの一人が異性であった（これは僕の独自調査によって確定している事項なので、疑問、詮索《せんさく》は無用）ことも、僕がのめりこむ理由に大きく作用していたと言わざるを得ないでしょう。

当時はボイスチャットができる通話ソフトはそこまで普及しておらず、またTwitterなどのSNSも一般的ではなく、基本的にはゲーム内のテキストチャットでやり取りをしていました。

しかし、次第に仲良くなってくると、仲間同士でメールアドレスを交換し、「今日はゲームできる」とか「今日はパソコンを点《つ》けません」などといった些細《ささい》な情報を送り合い、ゲーム世界がほんの少しだけそれぞれの現実に侵食する感じに不思議な高揚感を覚えていたものです（しかし私生活のことは聞かれたくないので、こちらも必要以上に踏み込みはしない暗黙の協定のようなものがあった）。

そうやってしばらく一緒に遊んでいるうちに不意に持ち上がったのが、「自分たちのギルド（このゲームにおけるギルドは、共通のチャット、掲示板が使えることと、自分のキャラクターの名前の後ろにギルド名が入ること、あとはギルド同士の対人戦ができるというメリットがあった）を作ろう」という話でした。簡単に言うと、ゲーム内で一つのチームを作ろう、ということです。

考えられるデメリットも特になく、作り得《どく》であると考えた僕はその話に賛同しました。

そこでまず決めなければならないのがギルドマスターです。

ギルドマスターは新しいメンバーの加入許可やギルド内掲示板への投稿などの権限がありますが、これはメンバーにも付与することができます。

ゲーム内の機能で検索できるギルド一覧に自分のキャラクターの名前が載るくらいのもので、特別何か重責があるわけではありません。

白羽の矢が立ったのは僕でした。

理由はおそらく、ギルドマスターの役職が、細々《こまごま》とした苦労ばかりで楽しいことが少なそうだと皆が感じていたからだと思います。

「こっちだって嫌だ」と断ればよいのですが、こういう時にちょっと嬉《うれ》しくなってしまうのが僕という人間です。思えば高校時代、確実に消去法で演劇部の部長に任命された時もそうでした。

こうして僕は「仕方ないなぁ」といった雰囲気《ふんいき》を装いながら、内心ウキウキでギルドマスターになったのです。

僕はギルドに誰も誘えませんでしたが、結成時のメンバーが知り合いを引き連れてきたり、あるいはメンバー募集掲示板を見て応募してきた人がいて、最終的には八人ほどのメンバーが在籍《ざいせき》していました。

彼らとはフレンド登録を交わすことになるのですが、それが僕のフレンド欄のすべてでした。

その中でも、なぜ自分たちのギルドに加入していたのか不思議だった二人を紹介します。

まずは、サーバー内でトップ10に入るくらいレベルが高いと噂《うわさ》されているけれど、対人戦は一切やらずにただひたすらモンスターを狩り続けている牛！

そして、課金額がエグ過ぎるとネット掲示板でも有名だった、女性キャラクターを使用しているけど中身はおそらく男性の猫！

この二人は、おそらくほかの人気ギルドでも入れたと思うのですが、なぜ僕らの弱小ギルドに入ってきたのかは最後まで謎のままでした。

課金要素の話題が出たので触れておきますと、このMMOは基本無料のゲームでしたが課金要素がかなりエグいとネット上でも話題でした。

装備品にはいくつかスロットが空《あ》いていて、そこに特殊《とくしゅ》な装飾品を入れることで装備品のステータスをさらに強化できるのですが、その強化値はランダムで決定されます。

そして、そのランダム部分に課金要素が関わっており、課金アイテムによって「下限の数値を上げてくれるアイテム」と「上限の数値を上げてくれるアイテム」がありました。

どちらもそれぞれ四百円です。

これだけ聞くと安いと思われるかもしれませんが、一つのスロットに上限と下限の両アイテムを使用するので合わせて八百円です。

そして良い装備はスロットが三つ空いています。

つまり合計二千四百円かかるのです（この課金は必須《ひっす》ではないのですが、課金しなかったことで低い数字が出てしまったら後悔する……と想像して、課金してしまうのが当時の僕の心の弱さでした）。

しかし、下限値と上限値が上がっても、その範囲内でどれくらいの数値になるかは結局ランダムなので、「下限も上限も増やしたけれど結局最低値でしか強化できませんでした」なんてことが多発し、多くのプレイヤーが涙を流していたものです。

僕もまた、少ない貯金をウェブマネーに変えて、これらの課金アイテムを使用しては失敗を繰り返し、その度に「もう課金しない……」と嘆《なげ》いていました。


さて、ギルドメンバーの八人はそれぞれ職業も性別も年齢も違ったはずですが、小さいギルドながらもほのぼのと活動していたと思います。

時に、男性メンバーに恋心を抱いてしまった女性メンバーから相談を受けたり、その後告白したものの上手《うま》くいかずギクシャクしたりと、よく聞くようなケースにも遭遇《そうぐう》しましたが、それでもメンバーはほぼ変わることがありませんでした。

しかし、そんなほのぼのギルドにもやがて陰《かげ》りが見え始めます。

時が経《た》ち、それぞれの環境が変化していく中で、僕も含めた大半のメンバーはゲームを起動する日がみるみる減っていったのです。

ゲーム内のコンテンツをやりつくし、レベルを上げる作業にも飽きてしまうと、このゲームで楽しいことはギルド同士で戦う「対人戦」だけになってしまいました。

そんな対人戦において重要になってくるのは「レベル」、そして「装備」です。

その装備の強さに影響してくるのは――そう、先に説明した課金アイテムの使用数、つまりは「課金額」になります。

それぞれの装備のスロットに札束を詰め込んで、より多く詰め込んだほうが勝つ――そんな対人戦が日々繰り広げられていました。

僕もギルドメンバーとともに対人戦を行ったことはあるのですが、「課金額がエグ過ぎるとネット掲示板でも有名だった猫」以外のメンバーはほとんど活躍できず、負けが続いています。

そうなってくるとギルドメンバーを対人戦に誘うのも憚《はばか》られます。

個人的に参加したいプレイヤーはいったんギルドを抜けて、別のギルドに一時的に参加することで対人戦を楽しむのが一般的だったので、僕もギルドマスターの権限を他のメンバーに預け、一時的にギルドを抜けて対人戦に参加することにしました。

そして、その際のチーム決めは古風な「○○さんが欲しい」「じゃあこちらは△△さん」という順番に選んでいく方式だったのです。

課金額が少ない僕は、対人戦でも活躍ができていないと知られているのか、最後まで名前を呼ばれません。

まさかオンラインゲーム上でもぼっちになるだなんて思ってもみませんでした。

それから、僕も対人戦をやらなくなり、やがてゲームから離れていってしまいました。

このオンラインゲームのサービスが終了することになったのは、それから数年後のことでした。

その頃には僕も引きこもり気味だった生活からなんとか脱却し、ゲーム実況を投稿するようになっていて、日々をなんとなく忙《せわ》しなく過ごしていたので、サービス終了の瞬間に立ち会うことはありませんでした。

いつだったか、ギルドメンバーのほとんどが起動しなくなっていたある時、何の気なしにそのMMOを起動したことがありました。

その時フレンド欄にいたのは、「対人戦は一切やらずにただひたすらモンスターを狩り続けている牛」と「課金額がエグ過ぎるとネット掲示板でも有名だった猫」でした。

他のメンバーは誰も遊ばなくなってしまったのに、彼らはまだゲームを楽しんでいたのです。彼らにとって、僕らはどういう風に映っていたのか、尋ねる勇気はありませんでした。

やがてこのMMOのサービスが終了したことで、かつてのギルドメンバーと連絡を取る手段はなくなってしまいました。

少し前までは、ギルドの名前を検索すれば当時のブログが出てきたのですが、年数が経過しすぎてしまったのか、最近検索してみたところ、何も引っかからなくなってしまったようです。

もし、現在のMMOをプレイしていたのであれば、SNSのアカウントも知っているでしょうし、LINEなどを交換していて、より互いの私生活に踏み込んでいたかもしれません。

彼らがどこで何をやっているのか、知る由《よし》もありません。

「対人戦は一切やらずにただひたすらモンスターを狩り続けている牛」は、別のMMOにて同じようにモンスターを狩り続けていてほしいですし、「課金額がエグ過ぎるとネット掲示板でも有名だった猫」は、アプリゲームにとんでもない課金をしていてほしいと願うばかりです。

記念式典　その1

僕は『君と夏が、鉄塔の上』という小説を執筆し、また「鉄塔」という名義でゲーム実況活動しているくらい送電鉄塔が好きです。

そんな僕は以前、『電氣《でんき》新聞』という、主に電力業界に関する記事を扱う新聞の取材を受けたことがあります。そこでは鉄塔が好きになった経緯について語らせていただいたのですが、まさか、鉄塔好きを公言していたら、その業界関係の新聞の取材を受けるだなんて、珍しいことがあるものだと驚いたものです。

しかも、さらに珍しいことは続きます。

『電氣新聞』の取材がきっかけで、昨年（二〇二一年）は『音楽ナタリー』というニュースメディアにて、ミュージシャンの南壽《なす》あさ子さんと対談させていただきました。

南壽あさ子さんは二〇一九年に『鉄塔』という歌を作詞作曲され、それがＮＨＫの『みんなのうた』という番組で流れたことから、鉄塔業界（送電鉄塔が好きな人から送電鉄塔業界で働く人まで幅広い）の多くの関係者の注目を集めており、僕と同様『電氣新聞』の取材を

受けていたようです。

二人に共通する「鉄塔」というキーワード、そして南壽さんの歌『鉄塔』のシングルリリースのタイミングから、音楽関係のメディアでの対談が企画されたようです。

(鉄塔好きを長く公言していると、音楽メディアに出演できるのか……)

対談では、あまりにも不思議な状態すぎて終始ふわふわしておりましたし、南壽さんに負けないように必死にアーティスト面《づら》をしようとしている自分に気が付き恥ずかしくもなりましたが、とても貴重な経験をさせていただきました。

そこで聞き手として対談の進行役を務め、記事を書いてくださったのが、以前僕の取材をしてくれた『電氣新聞』北陸支部の方(Tさん)でした。

対談の終わり際、Tさんは僕や南壽さんに「鉄塔業界をもっと世間に認知してもらうにはどうすればよいでしょうか」という相談を持ちかけてくるほど、業界の認知度向上を考えている人でした。

鉄塔業界はなかなか日の目を見ない業界であり、また、その仕事に就《つ》きたいと思う人も多くはないとTさんは言っていました。だからこそ、南壽さんの『鉄塔』という曲がテレビから流れた時、業界関係者はとても盛り上がったのだそうです。

そんなTさんから「今度鉄塔業界の記念式典があるので出てください」と冗談っぽく言われたのが去年の話。「鉄塔業界の記念式典」というワードの並びから何も想像できず、「何ですかそれ！」と返していた気がします。

しかし、驚いたことに今年（二〇二二年）になってTさん経由で式典への本格的な出演依頼が来ました。

式典の正式名称は「送電線建設技術研究会　北陸支部　創立60周年記念式典」と言うそうです。

出演依頼が来たのは僕と南壽さんの二名で、内容としては、業界関係者やラインマン（鉄塔の建築や整備に携《たずさ》わる方）に質疑応答するコーナーや、南壽さんのピアノ演奏と歌唱、僕の著書『君と夏が、鉄塔の上』の配付を考えているとのことでした。

南壽さんはもとより、僕にまで声をかけてくださった理由は、おそらく、僕のような他業種の人間も参加することで、より鉄塔業界のすそ野を広げていきたい、ということなのだと思います。

もちろん僕としても、業界の一助になるのであれば労力を惜《お》しむつもりはありませんし、一般人は立ち入ることができない式典に参加できるというのは面白そうなので、式典自体には参加したかったのですが、ほんの少し懸念《けねん》がありました。

（南壽さんの歌は間違いなく列席者の心を打つと思うけれど、はたして僕の著書配付イベントは必要なのだろうか……？）

僕が想像したのは、鉄塔業界のお歴々の方々や、屈強なラインマンの方々が並んでいる中、サイン会のように一冊ずつ著書を手渡す自分の姿でした。

（いくら鉄塔に関する小説だからといって、そこまで時間を割《さ》いてもらうのは、イベントの進行の妨《さまた》げになりはしないだろうか……）

（南壽さんにはピアノを演奏してもらうから、バランスを取るために僕にも何かと考えてくれたのかな……）

こういう時にあれこれ考えてしまうのは、僕の悪い癖《くせ》だと思います。

もちろん、僕の著書も悪くはない作品だと思いますが、表現として即効性の高い南壽さんのピアノ生演奏&生歌披露《ひろう》に比べ、小説という表現方法はその場では伝わりづらく、かなり遅効性であると思ったので、僕は、担当の方に「僕の本配付はなくてもいいですよ！」とお伝えした上で、式典に参加することを了承しました。

こういう時に僕が思い出してしまうのは、前にも書きましたが、かつて劇団に所属し演劇をやっていた頃、野外ステージで思い切りスベり続けた時の記憶です（「一夜城」）。

こちらにあまり興味のない人たちに向けて何か表現せねばならない時間の恐ろしさ。

あの体験はどうやら僕の心に結構な傷を残しているようでした。

もちろん、今回の場合僕はゲストという立場ですし、鉄塔に関する小説でもありますので、以前とは状況が全く違うことは理解しているのですが、どうしても最悪のケースを想像してしまうのでした。

先方は僕の提案に「分かりました、考えてみます」というような返事をくれました。

今思えば、ここでもう少し議論を重ねておくべきだったと少しだけ後悔しています。

それからしばらくして、列席者のリストが送られてきました。

さすが創立六十周年記念式典というべきか、列席される方の半数以上が代表取締役社長という役職で、この式典の歴史と重みがうかがえます。

（ひょっとすると非常に場違いな案件を引き受けてしまったかも……）

不安が過《よぎ》りますが、一度引き受けてしまった以上、今更どうすることもできないので、ただただ式典の日を待つことになりました。


そして当日。

式典に参加すべく、僕は富山県に向かいます。

式典の会場となったのはとあるビルの一室で、パーティー会場のような雰囲気《ふんいき》でした。

最奥《さいおう》には小さめの演壇《えんだん》があり、その後ろには大きく「送電線建設技術研究会 北陸支部 創立60周年記念式典」の文字が掲《かか》げられています。

その右手には一台のピアノが置かれていて、ここで南壽さんが演奏をするのでしょう。

会場には円卓が九つ置かれていて、それぞれに五席ほどの椅子《いす》が用意されています。そして後方には給仕スタッフの方たちが控えていて、料理や飲み物を運ぶ準備をしていました。

まず、控室にて、質疑応答のコーナーで司会進行を担当する方と軽く打ち合わせをします。

僕よりも年上で恰幅《かっぷく》の良い男性は、ふと僕の著作を取り出すと、サインのお願いをされました。話を聞くと、どうやら彼の娘さんが僕の動画を見てくれているらしいのです。

列席される方々の肩書から察するに、ひょっとすると僕の活動の一つである「ゲーム実況」は誰にも知られていないかも……と思っていたので、これは嬉《うれ》しい誤算でした。

著作の他にも一枚の写真を置かれ、こちらにもサインをとお願いされます。

その写真はいつだったか小説の特典として用意されたもので、物語の中に登場する実際の鉄塔と、その隣に直立している僕が映っているという、かなりコアな人に向けて作られたものでした。

（こんな写真を持っているということは、けっこう僕らのことを好きでいてくれている娘さんなのだろうな……）

思わずニヤリとしてしまいながらもサインをして、司会進行の男性に渡します。

このサインのやり取りは本当に心強く、いつの間にか僕も少し上機嫌になっていました。

やがて式典の開始時間になり、会場に向かいます。

この後、悲劇が待ち受けているとは、この時の僕は知る由《よし》もありませんでした。

いや、正確に言えば、知る由はあったのかもしれませんが……ともあれ、式典が始まりました。

記念式典　その2

会場内にはすでに、見るからに貫禄《かんろく》がある雰囲気《ふんいき》の男性たちが着座していました。

ここにいる全員が重役であり、かつ鉄塔業界関係者という不思議な空間になぜか僕が同席しているという事実が改めて不思議で、気を引き締めていないと笑ってしまいそうになります。

まず、開会の挨拶《あいさつ》、そして来賓《らいひん》の祝辞と続きます。

式典自体の司会は女性の方が担当するようで、厳《おごそ》かな雰囲気で始まりました。

「コロナ禍《か》によってこの業界も大きな打撃を受けております。また、ロシアによるウクライナへの侵攻も他人《ひと》ごとではなく、エネルギー不足による……」

当たり前の話ですが、鉄塔業界に特化した内容が続き、ますます自分が浮いた存在に思えてきます。

祝辞が終わると次はゲストの紹介になり、司会の方が南壽《なす》さんのプロフィールを読み上げます。

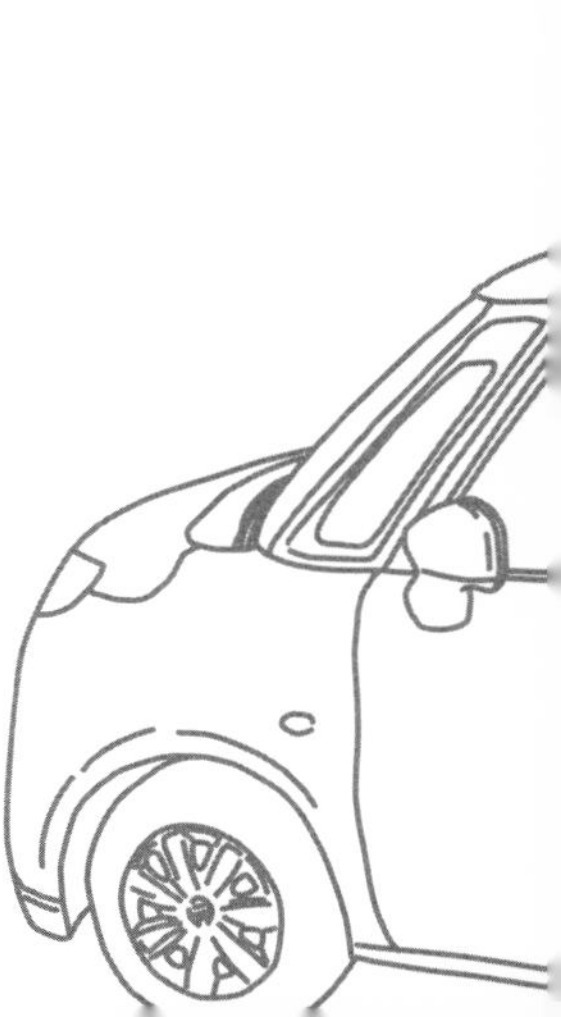

「南壽あさ子さんは二〇一九年にフジロックフェスティバルに、またニューヨークのカーネギーホールでも演奏されています。また、南壽さんが作詞作曲された『鉄塔』という歌は、NHK『みんなのうた』で放送され、その軽快な音楽から……」

会場内が「おぉ……」と静かにざわめきます。

この『鉄塔』は鉄塔業界関係者の方にも多くの感動を与えた曲ですし、加えてこのプロフィールを聞いた列席者は、南壽さんにより敬意を抱いたことでしょう。

続いて僕の紹介になりました。

「賽助さんは『君と夏が、鉄塔の上』という青春小説も執筆されておりますが、『鉄塔』という名前でゲーム実況活動もしており、ゲームの中に鉄塔が出てくるととても興奮されるそうです」

僕は思わず「おい」と呟《つぶや》いてしまいました。

もちろん、僕はフジロックにもカーネギーホールの舞台にも立ったことはありませんが、それでも南壽さんの時と比べて、あまりにも落差がありすぎやしないでしょうか。

（せめて、YouTubeのチャンネル登録者数五十万人超えだとか、Twitterのフォロワー二十万人超えという具体的な数字を出してくれたら……！）

僕はこういった数字のマウントは好きではないのですが、この際そうも言っていられません。ご来席の方々は経営者も多いでしょうから、こういった数字には敏感なはずです。

しかし、そんな数字は一桁《ひとけた》も説明されることなく、実にふわっとした感じで紹介は終わってしまいました。

会場の皆がどう感じたのか、知る由《よし》もありません。

その後、僕の心がざわついている中、南壽さんによるピアノ弾き語りが始まります。

式典の時間もありますし、ほんの数曲ではありましたが、これが実に素晴らしい演奏で、会場にいる重役の方々はもちろん、ざわざわとしていた僕の心もすっかり癒《いや》されました。

南壽さんのピアノ演奏や歌唱力ももちろんですが、生演奏という表現の持つ力の強さを改めて体感しました。僕も和太鼓《わだいこ》グループで活動していた時に感じたのですが、瞬間的にその場を魅了する力においては、例えば小説のような表現ではとうてい太刀《たち》打《う》ちできるものではありません。

（あるいはこの場でゲーム実況でもできれば、僕も実力を発揮できるのに！）

なんてことを一瞬考えたのですが、この場においては僕よりも重役の方たちが騒ぎながら『ボンバーマン』で対決したほうがハチャメチャに楽しそうな気もします。

南壽さんの演奏が終わり、盛大な拍手とともにしばしの歓談、その後質疑応答のコーナーに入ります。進行役が交代し、先ほど打ち合わせをした男性にマイクが渡りました。

ここで、出席している方々へのお土産《みやげ》として、南壽さんのＣＤと僕の小説が含まれていることが告げられました。

僕は手渡しでなかったことに安堵《あんど》したのですが、司会の男性は続けます。

「この小説、何冊かに一冊、鉄塔の写真がついているものがありますので、それは当たりです！」

血の気が引く音を久しぶりに聞きました。

その鉄塔の写真には間違いなく僕も写っているはずです。

ただ、司会の方が「当たり」と表現したその写真は、コアなファンの方に向けた特典として用意したものです。

（なんでそんなものがお土産に……）

鉄塔業界の重役の誰かに、僕のブロマイドが渡ることになったのです。

僕もまあまあおじさんです。

おじさんがおじさんの写真のお土産を貰《もら》うというのは、いったい誰が得するのでしょうか。

これは何かの罰ゲームなのでしょうか。

そこで、この式典が始まる前、司会の男性が僕にサインを求めてきたあのシーンが思い出されます。

男性の娘さんが僕ら「三人称」の動画を見ているということから、「ここにサインを」と差し出してきた僕の書籍と特典のブロマイド。

あの時、なかなかマニアックな娘さんだなぁと思ったのですが、ブロマイドは娘さんの私物ではなく、このお土産用に用意されたものだったのではないでしょうか。

そこに気が付いていれば、この悲劇の連鎖を止められたかもしれません。

いや、それよりももっと早く、メールのやり取りの段階で気が付いていれば……。

いくら後悔しても、もうどうしようもありません。

おじさんの写真が、おじさんの元に届けられました。

できれば南壽さんにもう一曲お願いしたかったのですが、式典は次のコーナーに進んでいきます。

質疑応答のコーナーでは、まず司会の方から、僕らゲストが鉄塔を好きになった理由や、鉄塔業界を盛り上げる何かいいアイディアはありませんか、といった質問がされます。

僕はここで意を決しました。

「僕は「Twitter のフォロワーが二十万人くらいいるんですが、その方たちが時々鉄塔に関する質問をしてくれて……」

かなり強引に僕の手持ちの切り札「大きな数字」をねじ込んだのです。

それはそれなりに効を奏したようで、会場から「ほぉ」という声が上がりました。

非常に姑息《こそく》なやり方だとは思いますが、すべては僕のブロマイドの価値を上げるため。四の五の言ってはいられません。

鉄塔に関する情報は調べても出てこなかったり分かりにくかったりするので、もっと子供も大人も触れやすいような形になっているといいと思う、という風なことを伝えました。

また、業界の方からは鉄塔の形状に関する話や建設の苦労話などを聞かせてもらい、僕にとってはかなり有意義な時間となりました。

そして、式典はつつがなく終了します。

最終的に僕が鉄塔業界の重役の方々にどう思われたのか、知る由もありません。

願わくばまた十年後も声をかけられるといいな、そしてその間、僕も微力ながら鉄塔業界に恩返しができるといいなと思いながら、帰路につきました。

皆様も、そんな業界があることをチラッとでも心に留《と》めていただけたらありがたいです。

君と夏が、鉄塔

ロシア

二〇二二年六月十二日現在、ウクライナとロシアの戦争は続いています。

今年になって、過去にロシアへ赴《おもむ》いた時のことをよく思い出すようになったのは、戦争の問題も大きく関係していると思います。

僕は過去に「暁天《ぎょうてん》」という和太鼓《わだいこ》グループに所属していました。現在は活動を休止していますが、二〇一五年から二〇二一年までの約六年間活動しており、その間に様々な場所の様々なイベントに参加させていただきました。

その最たるものがロシアでの和太鼓演奏です。

結成された二〇一五年から二〇一九年までの五年間、毎年ロシアを訪れては、各地で和太鼓の演奏を披露《ひろう》し、現地の方々と交流させていただきました。各イベントには様々なアーティストが日本から参加しているのですが、参加者はロシア語を喋《しゃべ》れるわけではありません。僕に至っては英語もあまり分かりません。

そこで、イベント主催者側が現地でボランティアの学生を募《つの》り、彼らが出演者をアテンド

するというスタイルがとられていました。

一年目、二年目、三年目、五年目はモスクワで開催された日本文化紹介フェスティバル「HINODE POWER JAPAN」というイベントに参加したのですが、僕ら暁天にはアンジェリカ（仮名）という女性の方が毎回付き添ってくれました。彼女は現地での買い物から現場スタッフとの意思疎通《いしそつう》を図るという作業に至るまで、様々なサポートをしてくれたのですが、これは決して楽な仕事ではありません。

ロシアの文化を何も知らない日本人に食事の作法から切符の買い方まで教えるというだけでなく、ロシアではほとんど馴染《なじ》みがないであろう和楽器が演奏される舞台を作るために、ロシア人のスタッフとの間に立ってあれこれ説明しなければならないのです。

考えるだけで気が滅入《めい》るような作業ですが、ボランティアの学生たちは皆とても熱心に関わってくれました。彼らのモチベーションを支えているものは何なのかを尋ねたところ、皆が口をそろえて「日本の文化が好きだから」と答えてくれました。

日本のアニメーションが好きだという人が多い印象でしたが、「HINODE」で付き添ってくれたアンジェリカは邦楽が好きだそうで、どのアーティストに興味があるのかと尋ねたところ、「X JAPAN！」と返ってきました。

予想外の返答に皆が驚いたものです。

ロシアにコンサートに来ていたのか、それともテレビで放送されていたのを目にしたのか、どういう経緯でファンになったのかは不明ですが、彼女はX JAPANが大好きで、コンサートを観《み》るために来日したことがあるほど熱狂的なファンでした。僕が「X JAPANのメンバーであるHIDEのことが好きだ」と伝えると、彼女はとても喜んでいました。

異国のことを好きになるきっかけは、音楽や映像、美術やサブカルチャーといった分野の「表現」にあると思います。

僕はカンフー映画が大好きで、だから高校の修学旅行で中国を訪れた時には、街並みや聞こえてくる言語に大興奮しましたし、ジャッキー・チェンのCDを購入するために一人で現地のCDショップに買い物に行き、英語が通じぬ中、「そのCDが欲しい！」と身振り手振りを駆使して説明したりもしました。

また、現地の高校生との交流の時間、相手の女性に僕がどれほどジャッキー・チェンが好きかを説明しようと試みた時は、ジャッキー・チェンが英語名だからか、それとも僕の発音の問題か、とにかく伝わらなかったため、ノートを取り出し、ジャッキーの中国の芸名である「成龍」の文字を書いてまで必死に伝えようとしました。焦《あせ》って文字を書いたので、「龍」の字の右側の横棒がとんでもない数になっていましたが、漢字だとちゃんと伝わりました。

あの時の熱意の源は何だったのかと考えると、好きな表現者と同じ国の人と話すことで「自分はその表現者に近づいている」と感じられたことがすべてだったのだと思います。

おそらくアンジェリカたちも皆、同じような気持ちで僕らに接してくれていたのではないでしょうか。

二〇一八年。四年目に訪れたロシアでのイベントは、カザン、ウリヤノフスク、ディミトロフグラードという三都市を回るツアーでした。

このツアーではカザンに住んでいるサーシャ(仮名)という男性に付き添ってもらいました。彼は大学で日本語を勉強しており、通訳者になることを目指していたようで、日本のカルチャーにもとても興味を持っていました。

毎年訪れていたモスクワではなく、より内陸に入り込んでいくことになるのですが、大都市から離れるほど、日本人を見知っている人の数も減っていくことになります。

カザンは人口百二十万人を超える都市ですし、イスラム教とキリスト教が混在する多文化、多宗教な場所なので、日本人が歩いていてもさほど気には留められないのですが、カザンから約二百五十キロメートル南にある人口が十二万人ほどのディミトロフグラードでは、そもそもロシア国外から人が来ることも珍しいのか、僕らは完全な異物であると感じました。

このディミトロフグラードでのたった一度きりの公演は、数年にわたったロシア公演の中でもとても印象深いものになっています。

僕らがこの町に着くと、町の文化センターに案内されました。その文化センターの広い会議室では、町についての説明だとか、地元ニュース番組のインタビューなどが設定されていたのですが、それぞれの席の前に一つの折り鶴が置かれていたのです。

これは何だろう、と皆が考えていたところ、部屋にいた一人のお婆《ばあ》さんが説明を始めました。通訳を介しての説明になるので、お婆さんが何と言っているのか細かいところまでは分かりません。

古い写真が載った資料を持ち出しながら話しているその内容は、おそらくは戦時中（日露戦争?）の話なのだと思います。

今まで歓迎ムードだったのが一変して、やや不穏な空気が室内を包み始めました。

（これはどういう流れになるのだろう……）

僕は固唾《かたず》を呑《の》んで事態を見守ります。

お婆さんは何かを熱心に伝えようとしてくれているのですが、通訳のサーシャも不慣れですし、途切れ途切れの単語を繋《つな》げても戦時の話と折り鶴の関係が明確には伝わってこないのです。ただ、そのお婆さんの横で、現地のロシア人の方々が非常に困った顔をしていました。

「本来ならこの街にやってきた初対面の外国人に話すべき内容ではないから止めたいけれど、でもそうするとお婆さんが怒ってしまうかもしれないし、目の前の日本人に不審がられるかもしれないから止められない……」といった感じじゃないかと僕は察しました。

それを見て僕は、「困ったことになった空気」は日本とロシアで同じなんだなぁと知り、お婆さんの手前不謹慎《ふきんしん》ではありますが、少し楽しくなってしまったことを覚えています。

ディミトロフグラードにある劇場は五百席ほどの広さでしたが、かなり歴史があるのか、木製の舞台はガタガタしていました。

和太鼓は車輪のついた台に載せて運ぶのですが、ガタガタの舞台を運ぶのはとても苦労します。おまけにこの劇場は回り舞台になっていて、中央が円形に切り抜かれているのですが、曲と曲の間の転換時には舞台床の隙間《すきま》のことも考えねばならず、かなり神経を使います。

ロシアで演奏した他のどの劇場よりも古めかしい場所でしたが、同時にとても愛らしく、どこか懐《なつ》かしさを感じます。

客席は、二階部分は空《あ》きがありましたが、一階部分はほぼ満員という状態でした。

劇場にやってきたのは、近所の大人や子供たちでした。おそらく和太鼓の演奏を見たことはないでしょうし、ひょっとすると日本人を見るのも初めてかもしれません。

何をやるのか全く分からないのにわざわざ足を運んでくれた人たちが、僕らの演奏を見終えた途端、立ち上がって拍手を送り、声を上げてくれました。

公演終了後は様々な人たちに取り囲まれ、ともに写真を撮ったり、あるいは何人からもサインをねだられたりして、ほんの一部とはいえ、自分たちがこの町の人々に受け入れられたのだとしみじみ感じたものです。

願わくばあのお婆さんも見てくれていたらと思ったのですが、彼女がこの舞台を見に来ていたかどうかは分かりませんでした。

現在和太鼓グループは活動を休止しており、今後僕がロシアに行く機会はおそらくないでしょうし、ましてやディミトロフグラードに行く機会はほぼないだろうと思います。

先日、和太鼓グループのメンバーを通じて、カザンやディミトロフグラードの旅公演に付き添ってくれたサーシャに連絡を取ってもらったところ、彼は今もカザンに住み続けており、なんと日本の会社に就職して働いているようです。

旅公演の終わりに僕らが押し付けるように渡したサイン色紙は、大事に飾ってくれているそうです。

僕もまた、携帯電話に保存されているロシアでの写真を眺《なが》め、懐かしみながらこの文章を書いています。

僕はロシア政府のウクライナへの侵攻を全く支持しませんが、ロシアで生活している彼らが早く平和な時を迎え、いつまでも健康であってほしいと願っています。

料理教室

ここ数年かけて、ゆっくりと太っています。

コロナ禍《か》により、体を動かすきっかけとなっていた和太鼓《わだいこ》グループが活動休止となり、汗をかかなくなってしまったのが一番の原因でしょう。また、コロナ禍で「オンラインフード注文&配達プラットフォーム」が流行し、出前が気安く注文できるようになり、カロリー多めの食事ばかり摂《と》っていたのも原因の一つと言えるでしょう。さらには、喫煙者がコロナに罹患《りかん》すると重篤化《じゅうとくか》するかもしれないという情報が出回っていたため、禁煙し始めたのも、ひょっとしたら原因の一つかもしれません。

「すべてはコロナ禍のせいだ！」と僕の不摂生《ふせっせい》（禁煙はよいことですが）を棚《たな》に上げることもできるのですが、それで痩《や》せるはずもないので、何かしらの対策をすることにしました。

まず考えたのは運動です。

僕は何事も長続きするほうではないのですが、腹筋ローラーを購入し、なるべく毎日、バイクマン（『キン肉マン』に登場する超人）のような姿になり、ゴロゴロとローラーを転が

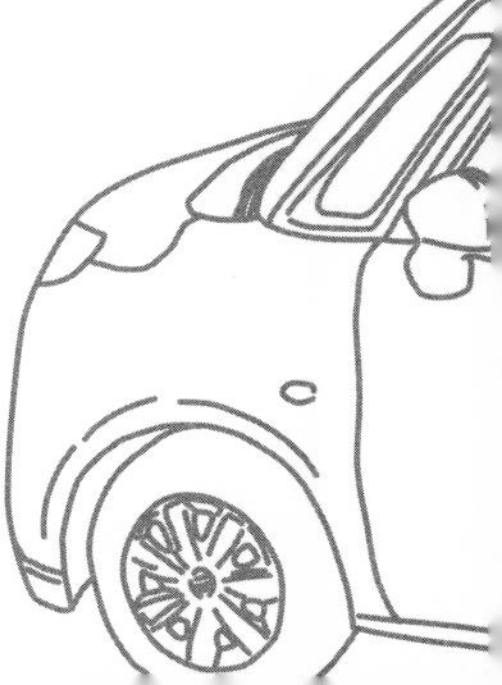

しています。

しかし、四十を超えてくるとそれだけではなかなか痩せません。早めに成果を実感するためにも、何かもう一つ手を打つべきだと考えていたところ、次に目を付けたのが食生活の見直しです。

僕は一人暮らしを始めてかなり経《た》ちますが、コロナ禍になるまではほとんど自炊《じすい》をしない生活をしていました。炊飯器もなければ包丁もまな板もフライパンもなく、唯一、レトルトカレーを温める用にと鍋《なべ》を一つ購入していたぐらいです。

コロナ禍になり、自分のおなかを見つめた時に「自炊したほうがいいな……」と調理道具を買い込み、ダイエットに効果的と言われているオートミールを食材として、インターネットに載っているレシピを見よう見まねで調理していたのですが、同じものばかり作ってしまい、やがて飽きてしまいました。

そして再び不摂生の日々が始まります。

なので今回は、正確には食生活の見直し（二年ぶり二度目）になります。

世の中便利なもので、インターネットにはレシピがたくさん上げられていますし、中には調理手順を動画で公開しているところもあります。スーパーで食材を買い込み、それに従って料理をすると、思いのほかそれっぽいものを作ることはできました。

ただ、「第一次食生活見直し」の時にも起こった現象なのですが、僕はパッと思いつく料理の数が少なく、同じ料理を何度も食べてしまう傾向にあるので、手持ちのレパートリーがほとんど増えません。「あれが食べてみたい、これは作れるかな」と挑戦すべき新しい料理名がなかなか浮かんでこないのです。

これでは、前回同様飽きてしまう可能性は非常に高いでしょう。

また、レシピに沿って料理をしていると、自分は基本的なことがまるで分かっていないのだなと感じます。

まず、作り方に出てくる「適量」が全く分かりません。

どの程度が適しているのか、経験がないのですぐに解答を引き出せないのです。

他にも、レシピに記載されている調味料の効果も分からないことが多く、例えばみりんを使用する場合、どうしてみりんを入れるのか、入れるとどうなるのかが分かりません。「鶏《とり》肉《にく》に薄力粉《はくりきこ》をつけて焼く」と指示されていたら、指示通りに買ってきた薄力粉を使うのですが、それに何の意味があるのか、そもそも薄力粉と強力粉《きょうりきこ》で何が違うのかも分からないのです。

（これは基本から学んだほうがよいのかもしれない……）

そう感じた僕は、料理教室の体験入学に申し込むことにしました。

もちろん、エッセイや小説のネタとして何かしら面白い体験ができれば嬉《うれ》しいな、という下心もありますが、やはり一番は自分の体のため。基本的に毎日食事を摂るのですから、料理技術の向上は、今後の人生で役に立つことは間違いないです。

このご時世、インターネットで調べれば多くのことが分かるようになってはいますが、素人《しろうと》が情報の精査、取捨選択をするよりも、その道のプロに教えてもらうほうが間違いないでしょう。

また、実技として包丁の扱い方なども教えてもらえますし、その扱い方が間違っていた場合にちゃんと指摘してもらえるというのは、記事や動画にはできないことです。

料理教室に通うのはメリットしかないと感じた僕は、早速近所にある料理教室を探し、申し込みを済ませました。

エプロンとタオルを自前で用意する必要があるとのことだったので、ネットで購入します。


数日後、その料理教室から電話がありました。電話の内容は予約の確認と、当日必要なものの確認、最後に「どうしてこの料理教室に申し込んだのか？」と理由を聞かれます。

（料理教室に通う理由として、料理がうまくなりたいから以外の答えがあるのかな）

そう疑問に感じたのですが、僕はハッとしました。近くの料理教室を探している時に気になる記事を見つけていたのです。

料理教室に通っている男女の比率は女性のほうが多いようで、数少ない男性の中には、異性との出会いを求めて通う人物も散見される、とのことでした。

（これはもしかすると、そういう目的だと思われているのだろうか……）

確かに僕は独身ですが、出会い目的だと勘違《かんちが》いされるのは心外です。

ですが「太ってきたから」と正直に伝えるのも何か躊躇《ためら》われる気がして、

「いや、あのー、ちょっと料理を覚えたいと思いまして……」

結果としてしどろもどろな返答になってしまいました。

「あっ、そうなんですね！　分かりました！」

僕の動揺が悟《さと》られていないのか、あるいは元々そんなつもりで聞いたわけではなかったのか、相手側に怪《あや》しんでいる様子はなかったので一安心です。

しかし、異性が多いかもしれないと考えると、途端に緊張してきてしまいました。僕は別に異性の方と話すのが苦手なわけではありませんが（得意でもありません）、今自分はどういう風に見られているんだろう、などと考えてしまうので、集中できなくなってしまうのです。


そわそわしながら当日を迎えます。

教室に行き受け付けをすると、どうやらこの日、体験教室に参加するのは僕だけのようでした。女性の先生と一対一ではありますが、幾分緊張も和《やわ》らぎます。

まず、教室の隅《すみ》にある小さな丸テーブルで、この料理教室に関する説明を受けました。

体験教室を経てちゃんと契約をしてほしい料理教室側からすれば当然のことですし、僕も色々と知りたいので、文句の一つもありません。

本日教えてもらう料理は「肉じゃが」。

これは先日予約をする時に、いくつかあるメニューの中から僕が選んだものです。

他にもハンバーグやピザなどいくつか料理はあったのですが、なんとなく肉じゃがを選んでしまったのは、肉じゃがという響きに染《し》み込んでいる神話性――肉じゃがで意中の人の胃袋を摑《つか》む――に惹《ひ》かれたせいかもしれません。

いくつもキッチンが並んでいる大きな部屋の一角で体験教室が始まります。まな板の上にはすでに肉じゃがの材料が置かれていて、皮をむいたりカットしたり、鍋に入れたりと手際よく進められるように用意されていました。

僕の他には、反対側で三人の女性がデザートの講習を受けているだけで、比較的静かな教室でした。肉じゃがを作る工程は予想よりも少なく、あらかじめ準備されていたのも相《あい》まってテンポよく進んでいきます。

ジャガイモの芽はどのぐらいの深さで取ればよいか。

調味料を入れる順番は「さしすせそ」の順がよい。

大さじ一杯の計り方は、粉末状のものは擂《す》り切り、液状のものは少し零《こぼ》れてしまうぐらい。

僕の疑問に関する解答や料理の基本など、色々なことを教わります。

肉じゃがを煮込む段階で、いったん使用した調理器具を洗うことになりました。

教室の端にある横長のシンクで、鍋や包丁を洗います。

二十代の頃、僕はレストランでアルバイトをしていたことがあったのですが、あの時はお金を貰《もら》って食器を洗っていました。

しかし今日、僕はお金を払って食器を洗っているのです。

不思議なこともあるものだなぁ、と若干《じゃっかん》の感慨に浸《ひた》りつつ、食器をピカピカに磨き上げました。

ふと気付けば、周りが賑《にぎ》やかになってきました。

六人ほどの子供たちが一つのキッチンを囲んでいて、二人の先生が付き添っています。教室の外には、その子供たちの母親らしき女性の姿があり、教室内を見守っていました。

「最近は習い事の一つに料理を選ばれるご家庭も多いんですよ」と体験教室の先生。

僕が子供の頃の習い事の定番といえば書道やそろばんでしたが、なるほど、料理もとてもためになりそうな気がします。

その子たちはどうやらケーキを作るようで、先生が注意事項を伝えます。

「ここはお料理をするところだから、かけっこは？」

「しなーい！」

「喧嘩《けんか》は？」

「しなーい！」

元気いっぱいに答える姿は、まるで小学校低学年の教室のようでした。

やがて僕が作った肉じゃがも完成し、試食タイムとなります。

試食する場所はキッチンから離れた教室の隅、初めに説明を受けた小さな丸テーブルでした。

肉じゃがの他に、こちらも自分で具材を切って作ったお味噌汁《みそしる》とご飯も付いていて、しっかりとした食事になっています。

それを食べている間、僕を担当していた先生も子供たちのほうへ行き、進行の手伝いをしていました。

気付けば彼らが作っていたケーキは次の工程に移ったようで、今は待ち時間なのか、子供たちは塗《ぬ》り絵などをして楽しんでおり、学校の休み時間のようでした。

そんな休み時間に隅っこで一人、もくもくとご飯を食べる自分。

実際にそんな経験をしたことはないのですが、まるで「給食を居残りで食べさせられている小学生」のような気持ちになってしまったのが、この体験教室における僕の唯一の文句になります。

その後、再びこの教室の説明を受けることになったのですが、ちょうど僕が通いたい曜日がレディースデーとなっており、残念ながらこの料理教室に通い続けるのは難しいかもしれない、という判断になりました。

肉じゃがは驚くほど美味《おい》しかったです。

あと二、三度作ってみて同じ味を出せたなら、僕の得意料理は「肉じゃが」としようと思いますが、おそらくこの作り方ですとそれなりにカロリーもあると思います。

僕の食生活の改善は、まだまだ長い道のりになりそうです。

海が見たい！

梅雨《つゆ》もすでに終わっているのに連日の雨予報。そんな中で、雲の隙間《すきま》から空が覗《のぞ》くように晴れた日、僕はふと「海が見たい！」と思いました。

思えば昨年（二〇二一年）の夏も「夏らしいことがしたい！」と思っていたので、ここ十数年、あまり夏らしいことをしてこなかった反動がきているのかもしれません。

そして、「海が見たい！」なんてトレンディドラマのワガママヒロインみたいな欲求を、一昨年までならば叶《かな》えられなかったかもしれませんが、今の僕は容易に叶えることができます。

なぜならば僕は車の免許を持っていますし、ペーパードライバー講習にも通ったので、運転スキルに関してはかなり経験値が溜《た》まっている状態なのです。

しかし、僕は車を所持していません。

なのでどこからか借りるしかないのですが、レンタカーは事前予約が基本です。

このままでは、僕の中のワガママヒロインに愛想をつかされてしまいそうですが、しかし

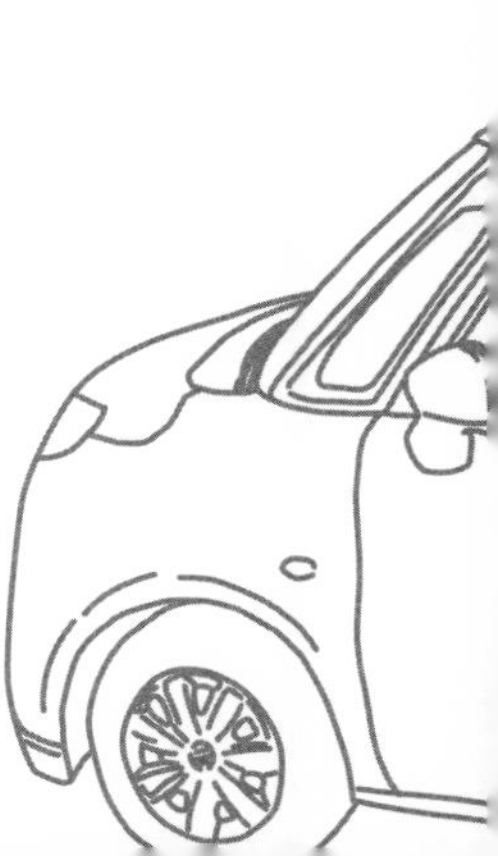

僕は慌《あわ》てません。

なぜなら、僕は事前に「カーシェア」なるものの存在を調べ、契約を済ませてあったのです。

街を歩いていて、駐車場に駐《と》められた車の前に「○○カーシェア」と書かれた置き看板を見かけたことがある人もいるかもしれません。登録を済ませてある会員がアプリ等を通じて車を予約、空《あ》いていれば目当ての駐車場に行き、そのままレンタルして乗ることができるというサービスです。

また、レンタカーの場合は返却の際に給油を求められることが多いと思いますが、カーシェアの場合は給油が必須《ひっす》ではなく任意であるところも、僕にとっては大きなメリットです。

僕は給油の際に、車のどちら側に給油口があるのか、どこを押せば給油口が開くのか、ガソリンはレギュラーで大丈夫なのか、満タンなみなみまで注いでよいのか……等考えすぎてしまって、過度に緊張してしまうので、給油が必須でないのはとてもありがたいです。

携帯電話のアプリから目当ての車が空いていることを確認、予約を済ませ、駐車場へと向かいます。契約した際に送られてきたＩＣチップの入ったカードを車の後方にかざすと、ドアのロックが解除されました。

カーシェアを利用するのは初めてのことでしたが、思った以上にすんなりと事は進み、僕の中のヒロインもにっこりと笑っています。

車はスマートキーでした。今はもうこれが主流なのでしょうか。

以前の僕であったら軽くパニックに陥《おちい》っていたと思いますが、この形式の車はすでに体験済みであるので、落ち着いてエンジンスイッチを押します。

なかなかクーラーがきかないなと思っていたら、ブレーキを踏みながらエンジンを始動させる必要があったことを忘れていて、五分ほど車内でおろおろしてしまいましたが、多少汗をかいたぐらいなので全く問題ありません。

あらかじめ搭載《とうさい》されているカーナビで目的地を設定します。

僕は千葉県木更津《きさらづ》市にある江川《えがわ》海岸を目的地としました。

海を見るのはマストの目標ですが、それ以外にも何かあれば……とプラスアルファを求めた結果、「海＋送電鉄塔を見る」という贅沢《ぜいたく》セットを思いつき、ネットの検索をかけてみました。

しかし、ヒットするのは離島などの鉄塔ばかり。関東ではなかなかそんな光景を拝むことはできなさそうです。

それでも何かないか……とネットの海を泳いだ結果、ヒットしたのが江川海岸でした。正確には「江川海岸潮干狩場《しおひがりじょう》」と呼ばれる場所のようで、今の季節は潮干狩りが行われているようです。

そしてここには「海中電柱」と呼ばれる建造物が――あったらしいのです。

その海中電柱の写真を見ると、本来は陸地に立つはずの電柱が、海に向けて一直線に何本も立っていました。

どうやら沖合にあるアサリの密漁監視小屋に電気を送るためのものだったらしいのですが、日常から非日常へ向かう境目のような光景をこの目で見てみたいと感じました。

しかし、江川海岸にあった「海中電柱」は二〇一九年には撤去《てっきょ》され、今はその跡しか残されていないようです。

ですが、どことなく昭和を感じさせる近隣の光景も相《あい》まって、とてもよい景色だとの記事もあり、また、江川海岸の近くにある久津間《くづま》海岸（こちらも潮干狩場）には、まだ海中電柱が残されているとのことだったので、その両方を見に行ってみようと思い立ちました。


目標地点まではおよそ一時間半。

東京湾を横断するアクアラインを通り抜ける道のりです。

高速道路に乗ってしまえばほとんど一本道のようなものですし、今日は平日ですから大渋滞に巻き込まれる可能性も低いでしょう。

僕は意気揚々《いきようよう》と車をスタートさせました。ラジオを聴きながら、往復三時間のプチ一人旅の始まりです。

思いついたことをすぐに実行できるフットワークの軽さ。

そして、急遽《きゅうきょ》考えた計画が思い通りに進んでいく全能感。

これが一人行動の魅力……などとほくそ笑《え》みながら目的地を目指します。

道中、ほぼ問題なく安全運転で目的地付近へたどり着きます。

「ほぼ」と書いたのは、ほんの些細《ささい》な、トラブルというほどでもない出来事があっただけなので、僕の計画に支障をきたすものではなかったということです。

途中、高速道路の料金所で、ETCカードを所持していないことに気づきました。

ETC専用レーンと一般レーンが分かれていれば特に焦《あせ》ることもないのですが、「ETC／一般」と一緒になっている料金所しかない場所ですと、僕がもたもたと財布を取り出し支払いをしている最中、後続車が列を作り始めました。

「おいおいETCカードを持ってないのかよ！」

後続車の視線を感じると、そんなことを思っているのではないかと焦ってしまい、料金所のスタッフから受け取ったお釣りがうまく財布に入れられず、「とにかくまず進まなきゃ！」と助手席に硬貨をばらまきながら車を発進させました。

アクアラインは川崎《かわさき》側がトンネルで、途中から海上を進んでいくのですが、トンネルに入る手前、浮島町《うきしまちょう》あたりは工業地帯になっていて、左右にたくさんの工場が並んでいます。

このあたりは夜景のスポットとしても有名で、「工場萌《も》え」というブームの時にも取り上げられていたと思いますが、昼間に走行しても楽しい風景でした。

アクアラインには「海ほたる」と呼ばれる海上パーキングエリアがありますが、疲れてはいませんし、気分転換するにもまだ早かったので、こちらは帰りの楽しみに取っておくことにしました。

木更津金田《かねだ》インターチェンジで高速道路を降り、そこから一般道路を進みます。しばらくすると周囲がのどかな田園風景に変わり、高速道での緊張からの解放感も相まって、かなりリラックスすることができました。

くねくねと曲がる道を進み、古い水門の先に「江川海岸潮干狩場」の看板を発見しました。ようやくたどり着いたと安心するのもつかの間、僕の目がある違和感を覚えました。「江川海岸潮干狩場」の看板には直進と記されているのですが、その横の道にはせき止めるように紐《ひも》がかかっていて、その紐には等間隔《とうかんかく》に小さな赤い布が垂れています。

これは誰がどう見ても「進入禁止」の印――僕は慌てて車をUターンさせ、近くにある久津間海岸に向かいました。こちらは現在も海中電柱が立っているらしいという情報がある海岸です。

(ひょっとして……これはもしかすると……)

頭の中で今の状況を整理しながら久津間海岸に向かうと、道路の先、もうすぐ海が見えそうな坂の手前に、今度は鉄パイプ製の柵《さく》が置かれていたのです。

そのパイプは所々虎柄《とらがら》になっており、より分かりやすい「通行止め」でした。周囲に人影はなく、すぐそばに潮干狩場の関連建物らしき場所があるのですが、こちらにも誰もいません。

僕は路肩に車を停《と》め、そこから携帯電話を取り出し、ふたつの潮干狩場について調べました。

そして分かったことは、今この時期、潮干狩りは土日にしか行われていない、ということ。そしてどちらも、通行止めされた道の先に、僕が見たい景色が広がっているということでした。

僕は今まで潮干狩りに行ったことがありません。

潮干狩りは季節になったら毎日開催されているのだろうと思っていました。

また、海岸は誰にでも開放されていて、いつでも訪れることができるのだと思っていました。しかし現実は、潮干狩りは行われておらず、海岸への道は通行止め。

地図で調べてみても、その道を通る以外の方法で海岸へは行けなさそうです。

今日の計画で一番大事な「海を見る」と「海中電柱を見る」が同時に崩《くず》れ去りました。

今まで機嫌が良かった僕の中のヒロインが、ざわざわと騒ぎ始めます。

このままでは何をしに来たのか全く分かりません。

千葉にある二種類の通行止めを見ただけになってしまいます。

改めて携帯電話で地図を眺《なが》め、海が見られそうな場所を探します。

すると、車を十分ほど走らせた先に「内港北公園《ないこうきた》」と呼ばれる場所があることが分かりました。

電柱の蛍光灯《けいこうとう》みたいに海に突き出た形をしている島の先に内港北公園はありました。

かなり人工的な形ですし、東京湾は江戸時代から埋め立てを繰り返して整えられてきた海ですので、内港北公園もその一つなのだと思います。

地図で見るとその島の先端には「Ｐ」と書かれた文字があり、どうやらパーキングエリアがあるようなので、車移動にも最適です。

僕は車を発進させて、内港北公園へ向かいます。

途中、再び江川海岸潮干狩場の前を通りすぎたのですが、先ほど通行止めを示していたはずのロープが地面にくっつくように垂れ下がっていたのです。

そして、海岸へ向かうように一台の車がロープの奥へと走っていきました。

それを見た瞬間、様々な思いが胸を過《よぎ》ります。

あれは潮干狩場の関係者の車なのか？　それとも僕と同じような観光客がロープを越えて無理やり海岸に向かったのか？　もしかすると、実はあのロープは越えてよいものだったのではないか？

県をまたいで、海を渡ってここまで来たのですから、できれば僕も海岸を一目見たいです。

でも、冷静に考えればあのロープが通行止めを意味しているのは間違いがないわけで、越えてよいものだったのでは、なんて理屈は、その先を見たい僕が都合よく解釈しようとしたにすぎません。

通り過ぎる一瞬に、先ほどの車に一縷《いちる》の希望を見出《みいだ》そうとしたり、自分を戒《いまし》めたりしながら、内港北公園へと車を走らせました。

まっすぐ伸びた道の先に東京湾が広がっています。

公園という名称はついていますが、木々が生えているわけではなく、三十台ほど車が駐《と》められる駐車場と、その先に芝生が植えられた場所があるだけの本当に小さな空間でした。

内港北公園は千葉県の西側に位置しています。

公園の突端から海を見ると、海の向こうの川崎の工業地帯が僅《わず》かに見えました。

右手には陸上自衛隊の木更津駐屯地《ちゅうとんち》、左手には中の島公園と呼ばれる人工島が見えます。

広大な海といった感覚はなく、どこか少し窮屈《きゅうくつ》そうな、人工的に設計された感じはあるのですが、そこも含めてなんだか好きな景色でした。

海を見たのは久しぶりだったからかもしれません。

駐車されている車も少なく、景色を眺めているのは自分だけだったからかもしれません。

目的の場所に行けなかったから、無理にこの景色をよく思おうとしているのかもしれません。

ともあれ、この時の僕にとっては居心地《いごこち》の良い場所で、二十分ほど、海をボーッと眺めていたり、写真を撮ってみたりして過ごしました。

やがて、少し日が落ちてきたところで、帰宅することにします。

帰り道、ナビが示す道順には従わず、なんとなくもう一度「江川海岸」の看板の前を通ってみると、先ほどはたるんでいたはずのロープがピンと張られていました。

通り抜けていった車が関係者の車なのかどうかは分かりませんが、ロープが張りなおされているのだから、通行止めで間違いはなかったんだと分かり、僕は少し満足してアクアラインを目指します。

(予定の変更はあったけれど、すぐに別の目的地を設定して移動できるのが一人旅のよいところだし、満足するもしないも自分の気持ち次第で、誰に申し訳なさを感じることもないのがよいなぁ)

急遽決めた予定がすべて上手《うま》くいったわけではないのですが、そのトラブルも含めていい経験になりました。

今後、僕の中のヒロインが急にあれこれ言いだしても、より良いものを提供できるようになると思います。

ただ、帰りに寄った「海ほたる」で、せっかくだから何かその土地ならではのものを食べなきゃと思い、千葉県の名産であるジャージー牛乳を使ったクレープを食べたのですが、そんなに欲していたわけでもないのに食べてしまったので(味はとても美味《おい》しかったですが)、食が細い僕はかなり胃がもたれてしまい、帰り道の運転はあまり楽しいものではありませんでした。

食べ物のシェアができないのが一人旅の課題だな、と気付かされる旅でもありました。

追記

あとで調べてみたところ、江川海岸の潮干狩り開催期間が、二〇二二年は七月中旬までだったようで……僕が訪れた日は七月の下旬であり、土日は関係なくすでに終了していた可能性が浮上しました。つまり、僕の一人旅は最初の段階から失敗していたのかもしれません。

また、「海ほたる」で食べたクレープは、静岡にある牧場が運営している店舗のもので、こちらは千葉の名産ではなかったようです。少し無理をして食べた(味はとても美味しかった)のですが……僕の一人旅は最後の段階でもちょっと失敗していたようです。

やはり何事も、事前にしっかりと調べておくことが大切ですね。

運動

「よし！　これからは定期的に体を動かそう！」

今まで何度そう心に決めたことでしょう。

健康のために日常的に運動をしようと色々試みているのですが、これがなかなか続きません。

「泳ぐという行為は運動としてとてもよいらしい」と耳にした僕は、プールが常設されているトレーニングジムを選び契約をしました。水中でも使用できるイヤホンを購入し、音楽やラジオを楽しみながら泳げるなんて、これは一生トレーニングできる！　と思っていたのですが……やがて通わなくなってしまいました。

原因は、「さあ泳ごう！」と気持ちを奮い立たせてからいざ泳ぐまでの手順がやや多かったことにあると思います。

ジムに入ってから更衣室で水着に着替え、そこから階段を上ってプールに行くまでもそうなのですが、毎回イヤホンにラジオのポッドキャストをダウンロードしておくのもなかなか

手間ですし（専用のアタッチメントを使用しなければならないタイプだった）、また、疲れ切って帰ってきてから水着を干す作業もそれなりに大変でした。

そのジムには二か月ほど経《た》ったくらいで足を運ばなくなってしまい、やがて月額料金を支払うだけのお客さんになってしまいました。

引っ越しをするタイミングでそのジムは解約をし、そこから二回ほど引っ越しをしたのち、今の家に至るのですが、この家の近くでも僕は懲《こ》りずにジムを契約しました。

「やっぱりランニングは有酸素運動の基本」と耳にした僕は、ランニングマシンで気軽に走ってみようとジムへ向かいます。

スイミングと違ってランニングマシンはすぐに運動を開始できます。ただ、マシン自体はあまり使用したことがないのでいまいち勝手が分からなかったのですが、隣で走っている人を参考にすれば大丈夫だろうと判断しました。

ランニングマシンには正面にあるモニターの下に手すりのようなバーがあるのですが、そこにタオルをかけている人が多く見られます。僕もそれに倣《なら》ってタオルをかけ、自分に合ったペースで走り出しました。

ラジオを聴きながらのランニングですが、しばらくすると呼吸も荒くなり、イヤホンから聞こえる会話もあまり耳に入ってきません。

そろそろ体力も限界に近づいてきたので、ランニングマシンの速度を落とし、やや早歩きの状態でクールダウンを図《はか》ります。

その時、タオルがハラリと滑《すべ》り、ランニングマシンのベルトの上に落ちてしまいました。

そのまま放っておけば、構造的にそのタオルは床面へと流れ落ちていくはずなのですが、久しぶりのランニングで疲れていたからか、正常な思考ができなかった僕は、

(このままだとタオルがベルトに巻き込まれる!)

と考えてしまったのです。

僕は歩きながら、タオルを摑《つか》もうと屈《かが》みました。

その間にもランニングマシンのベルトは後方へ流れています。

自然と僕は前のめりの体勢になり、あっという間に転んでしまいました。

そして、僕はそのままゆっくりとベルトの上を流れて、ランニングマシンの外へと吐き出されます。

そこまでスピードが出ていないランニングマシンで転ぶというのがあまりにも恥ずかしかったので、僕は慌《あわ》てて起き上がり、中腰のままランニングマシンへと戻ります。

今思えば、ちゃんと体勢を整えてゆっくりと戻るべきでした。

不安定な中腰のままベルトに乗った僕は、やはりバランスを崩《くず》してしまい、再びベルトの上を転がりながら、ランニングマシンの外へと吐き出されました。

幸い、コロナ対策として各ランニングマシンは薄い板で仕切られていたので、左右の人た

ちには「何か二回大きな音がしたな?」と思われるくらいで、この醜態《しゅうたい》は見られてはいないと思います。

ただ、このジムは通りに面した壁がすべてガラス張りになっているので、近くを通った人に見られた可能性があるのは否定できません。

それだけでも十分に恥ずかしいのですが、ふと足元に視線を向けると、転んでぶつけた脛《すね》が血で滲《にじ》んでいて、とてもじゃないですが、そのままトレーニングを続けることはできませんでした。

そのジムにはそれ以降足を運ばなくなってしまい、再び月額料金を支払うだけのお客さんになってしまいました。

そしてまた、運動不足の毎日。

他にも、トレーニング用のゲームをプレイしてみたり、腹筋ローラーを買ってみたりと色々試しましたが、どれもしばらくするとやらなくなってしまいます。

どうしてこうも続かないのかを考えた時、僕は一つの答えにたどり着きました。

それは、苦手なことに挑戦しているから続かないのではないか、ということです。

僕は昔から水泳が苦手です。走るのも好きではありませんでした。小学校の水泳大会やマラソンでいい成績だったことなど一度もないのです。

大人になって「健康のためだから」と始めたところで、得意でないことには変わらないのですから、楽しむことができず、結果として長続きしないのではないでしょうか。

ならば逆に、得意なこと、楽しかったことでトレーニングできれば、長続きするはずです。

僕はこれまでの人生であまり体を動かしてはきませんでしたが、唯一、和太鼓《わだいこ》だけは大学時代に五年、それからやや時間が空《あ》いて和太鼓グループ「暁天《ぎょうてん》」に所属してから五年と、合計十年間ほど続けていました。

和太鼓を使った運動ならば……とさっそく近所の和太鼓スタジオを検索します。

世の中には和太鼓グループが結構な数あるのですが、彼らの誰もが専用のスタジオを所持しているわけではありません。

ではどうやって練習するのかというと、民間施設や和太鼓用の貸しスタジオを利用するのです。

特に貸しスタジオの場合は、もともと設備として太鼓が置かれているので、バチさえ持っていけばすぐに太鼓を叩《たた》くことができるのです。

和太鼓が置かれている貸しスタジオの数はそれほど多いわけではありません。

僕の住んでいるところからだと、電車で十五分ほど離れている場所にありました。

早速とばかりに予約を取ろうとしたのですが、やはりスタジオの数が少ないせいか、僕が行きたい時間は予約で埋まっていました。

ただ、本来行きたかった時間の前、一時間だけであればレンタルできるとのこと。

僕としては二時間たっぷり叩きたかったのですが、仕方ありません。一時間の枠で予約を取ります。

いざ当日。

僕は引っ越しの時のまま置かれていた段ボール箱を開け、バチを数本取り出します。

最後に和太鼓を叩いたのは二年と半年ほど前。

久しぶりに和太鼓に触れられるということで、楽しみでもありました。

少人数用の貸しスタジオはそれほど広くはないのですが、長胴《ながどう》太鼓と呼ばれる太鼓が二台、締《しめ》太鼓が一台、桶胴《おけどう》太鼓が一台、そして大太鼓が一台と、一人で練習するならば問題がないくらいたくさんの種類があります。

太鼓を叩く前にまずは入念にストレッチを、と床に座り足を広げてみるのですが、これが全く開きません。過去には、股関節《こかんせつ》が異様に開くので気味悪がられた僕ですが、今では見る影もなくなってしまいました。

それでも時間をかけてどうにか体を伸ばしたのち、ようやく和太鼓を叩き始めます。

和太鼓の前に立ち、腰を落とし、腕を振り上げ、そして下ろす。

ドン、と独特な音色がスタジオ内に広がります。

二年半ぶりに叩いた太鼓の響き。

振り下ろしたバチ先から自分の腕へと振動が伝わってきます。

（やっぱり和太鼓はいいな……）

完全に密閉された小さな部屋いっぱいに広がる和太鼓の音に包まれながら、僕はそんなことを思いました。

ただ、練習開始から二分ほど経過したぐらいでしょうか。

僕の腕が悲鳴を上げ始めました。

疲労です。

二年半も叩いていなかったのですから、当たり前なのかもしれません。

しかし、二年半前は確かに浅草《あさくさ》の舞台に立ち、人前で曲を演奏していたのです。

まさかこれほど体力が落ちているとは、思ってもみませんでした。

和太鼓を演奏する時に使用する筋肉は、通常の生活ではあまり使用しない部分でもあるので、仕方のないことかもしれません。

その後も適宜《てきぎ》休憩《きゅうけい》を入れつつ和太鼓に向かい、一時間が経過しました。実際のところ、叩いていた時間は二十分くらいかもしれません。

もし当初の計画通り二時間借りていたら、時間が余って仕方なかったことでしょう。そういう意味では正解だったともいえます。

汗だくの服を着替え、スタジオ管理者に利用料金を支払い外へ出ました。

外は夏真っ盛りで、日光を浴びた途端、すぐに汗が吹き出します。

しかし、不快な気候のはずなのに、どこか少し涼しくも感じられました。

今後もこの貸しスタジオに通い続けられるかどうかは分かりません。

すぐには予約が取れない、場所が遠いなど、行かない理由は様々思い浮かびます。

また、この先に和太鼓の演奏を披露《ひろう》する機会もあるわけではないので、モチベーションの維持も難しいかもしれません。

しかし、今までのようにジムに通うよりは、長く楽しめそうな気がしています。

もちろん毎日通えるわけではないので、普段はストレッチなどで股関節を柔らかくしておいて、二週に一度くらいのペースで通えればいいなと思っています。

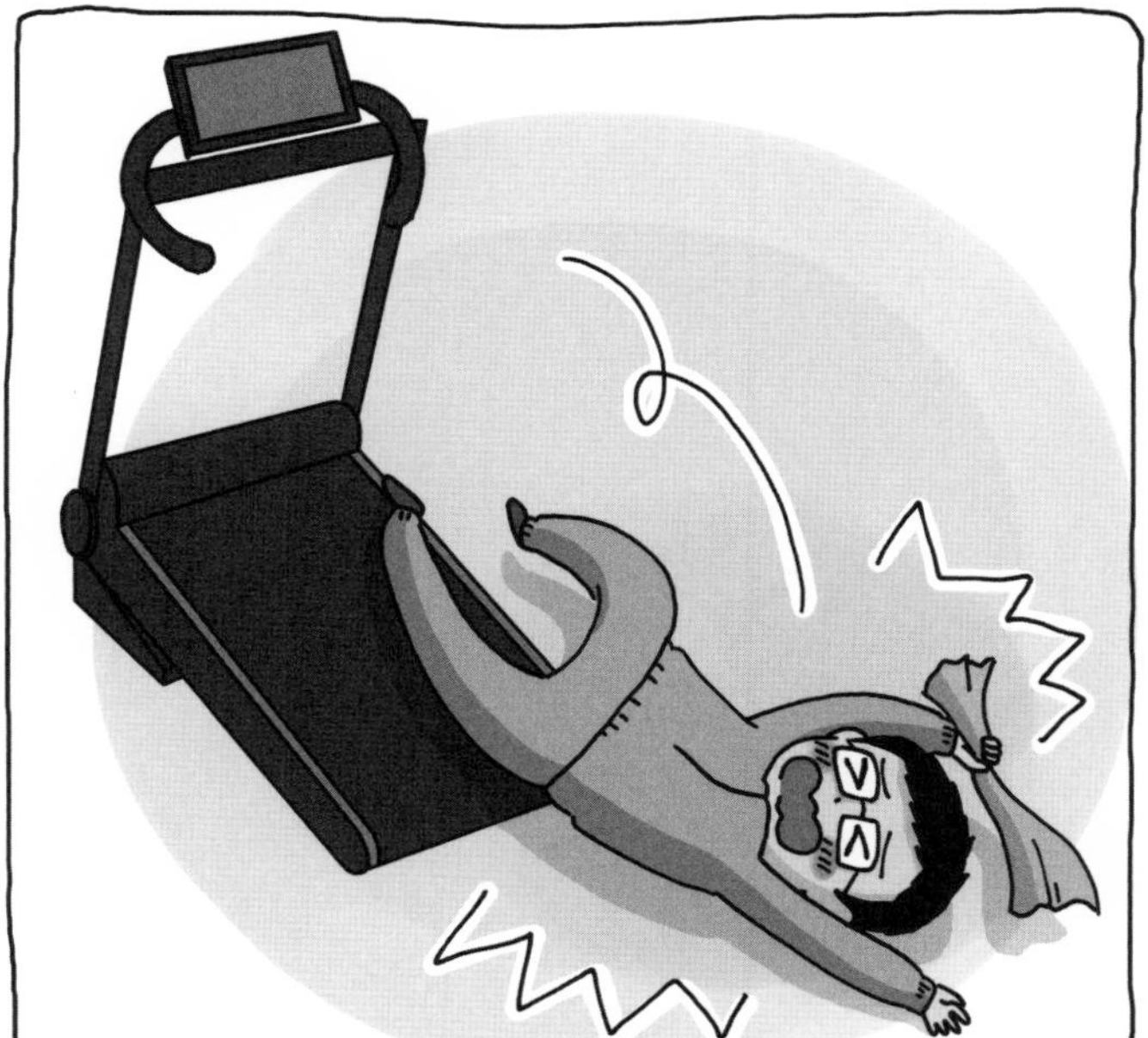

ランチ

先日、漫画家の浅野いにおさんとランチに行きました。

浅野さんと僕は、実は今から二十年ほど前にお互い同じ大学に通っており、その頃からの知り合いです。

とはいえ仲が良かったのかと言われるとそんなことはまるでなく、険悪とまでは言いませんが、とても気まずい状態だったのは間違いありません。

浅野さんは美術専攻、僕は演劇専攻の学生だったので、基本的には交わりがなく、また美術専攻の学生と演劇専攻の学生はどこか牽制《けんせい》し合っているような節《ふし》があったように思います。

美術専攻はなんかスカしてる（僕の偏見です）。

演劇専攻は基本的にうるさい（これは事実でした）。

そんな感じでお互いに「アイツらちょっと気に食わない」という感情を抱いていたのではないかと思います。

これは、結局のところお互いのことをよく分かっていなかったし、また分かろうともして

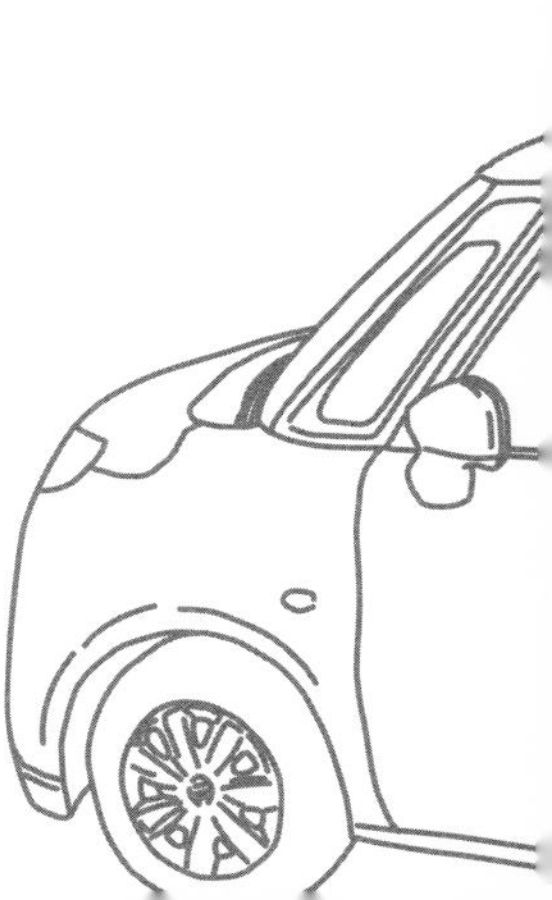

いなかったのが原因だと思います。

模索する表現方法は違えど、どういう出力の仕方が自分に合っているのか、そしてそれが世間に受け入れられるのか、それぞれ苦悩している学生なのですから、きっと接点さえあれば、もっと分かり合うこともできたのかもしれません。

ただ、僕と浅野さんの関係は例外で、接点があっても仲良くはできなかったと思います。というかむしろ接点があったからこそ、気まずかったのです。

そう。僕と浅野さんにはひとつだけ接点がありました。

僕は学生時代にとある女性と交際をしていたのですが、その女性が前にお付き合いしていたのが浅野さんだったのです。

この接点で仲良くするのはなかなか難しい話でしょう。

学生時代に浅野さんと直接的な交流をしたのは一回のみ。

大学の最寄《もよ》り駅の階段でばったり遭遇《そうぐう》してしまい、浅野さんが上、僕と彼女が下という状況で、彼女から本当に短い紹介を受け、小さく挨拶《あいさつ》をしたことを今でも覚えています。

浅野さんは当時から漫画家として活躍されていて、演劇学科で活動する僕の耳にもその噂《うわさ》は入ってきていました。僕は無類の漫画好きですから、いったい彼がどんな内容のものを描《か》いているのか、とても気にはなっていたのですが、当時の僕はそれなりに尖《とが》っていて、「きっとどうせたいしたことない」と突っぱねていました。

本当は、彼の漫画がとても面白かった場合、自分が打ちのめされてしまうのが分かっていたので怖かったのです。

ちなみにその後、僕は演劇の道を諦《あきら》め、コントをやったり小説を書いたりと手を替え品を替え、どうにかならないものかともがいていた時、渋谷駅構内の本屋で平積みされていた彼の作品に出会いました。そこで僕は何の気なしにその本を手に取り、初めて読むことになります。そこには対人関係に苦労し、世間の評価に苦しむ一人の漫画家の苦悩が描かれていました。僕はその面白さに感動し、また、当たり前の話なのですが、彼も様々なことに思い悩みながら作品を作っているんだなぁと気が付いたのです。

学生時代、僕は誰にも悩みを打ち明けることがなく、「自分だけがこんなに悩んでいるんだ」と思い込んでいたのですが、十数年経《た》ってようやくそれが間違いだったのだと分かりました。もしも、僕が誰かに悩みを相談していれば、あるいはもうちょっと早く気が付けていたのかもしれないと思うと……ぼっち気質もいかがなものかと考えなくもありません。

そんな僕と浅野さんですが、大学を卒業してからおよそ十七年が経ったある日、とある場所で再び会うことになりました。当時浅野さんは某《ぼう》パソコンメーカーとお仕事をしていたのですが、「マインクラフトというゲームで遊ぶ」という企画が立ち上がり、その遊び相手として選ばれたのが僕だったのです。

僕は「三人称」というゲーム実況グループに所属していますが、浅野さんはいつ頃からか三人称の動画を見てくれていたらしく、また、そのメンバーの一人が「学生時代のアイツ」ということも後ほど分かったようで、複雑な思いはありつつも声をかけてくれたみたいです。

その企画は動画化もされた(編集は僕がしました)のですが、契約の問題で残念ながら今は視聴することができません。

僕はその時まで、迷惑がかかるからと、浅野さんと「そういう関係」であることを誰にも言ってはいませんでしたが、「かますならここしかねぇ!」とばかりに企画中に暴露します。

もちろん、僕も大人ですから、浅野さんには「こういう話をするかもしれません」と事前にお伝えし、了承を得ていたのですが、パソコンメーカーの方や企画者の方々は初耳だったらしく、突然暴露された僕らの因縁《いんねん》にとても驚いたようで、大盛り上がり。

僕の視点だけでは分からなかった浅野さん側からの話も聞かせてもらい、十数年の時を経て初めて分かったことなどもあり、とても面白い時間を過ごせました。

そして、当時お互いが感じていたことを吐露《とろ》し合った結果、わだかまりも薄まり、ここから新たな関係をスタートしていきましょう、という穏やかな雰囲気《ふんいき》で企画は終了しました。

それから、ちょこちょこと連絡は取っていたのですが、先日浅野さんから「連載も終了して落ち着いたので、ご飯でも食べに行きましょう」とお誘いを受けました。

僕は了承し、日取りを確認し合ったところ、二〇二二年五月、大型連休真《ま》っ只中《ただなか》の日曜日に渋谷でランチ会食をすることになったのです。

しかし、僕は気の利《き》いた店でランチを食べることなどありませんし、ましてや普段は渋谷にも行きません。どうしましょう、と浅野さんに尋ねたところ、「僕も分からないのでその場で適当な店に入りましょう！」との返事。

それから数日は何も思わず過ごしていたのですが、ふと、大型連休の日曜日の渋谷はめちゃくちゃ混んでいるのではないか？　という疑問が頭に浮かびました。

（僕たちは連休中の渋谷をナメてるかもしれない）

そう判断した僕は、慌《あわ》ててＳＮＳ上で僕をフォローしてくれている人たちに情報を求めます。

『今度浅野いにお氏と渋谷でランチする予定なんですけど、なんか良い店知ってたら教えてください』

ただインターネットで調べるよりも、僕らの関係性を知ってくれているフォロワーの人からの意見であれば、僕らに合った情報を提供してもらえるのではないか、と期待してのことです。

「チェーンのハンバーガー屋！」「牛丼屋！」「地元の○○県に〜！」などの情報に対しては、「今はそういうんじゃない」と真顔で無視を決め込みましたが、僕の調べ方ではなかなか見つからないであろう、たくさんのお店を教えてもらえました。

「これは両家のご挨拶などで使われるのではないか？」といった雰囲気のお店も散見されたので、僕の意気込みが誤解されていたのかもしれません。

教えてもらった中から、なるべくカジュアルかつお洒落《しゃれ》に感じたお店をチョイスし浅野さんに伝えます。

渋谷駅から少し離れた場所にあるからか、そこまで混雑もしておらず、また若者ばかりといった様子もなく、実に雰囲気の良いお店でした。

僕と浅野さんはそれぞれランチを注文し、それからコーヒーなどを飲みつつ、それぞれの近況などを話し合います。

僕は表現者の知り合いが極端に少ないので（作家で実際に会って話せる人は一人もおらず……）、浅野さんの話はとても刺激になりました。

また、浅野さんは最近再び独《ひと》り身《み》になったそうで、四十代の独身男二人が今後についてあれやこれやと話しているのも面白かったです。

そして迎えたお会計。

どっちが払うかで若干《じゃっかん》揉《も》めましたが、今回は浅野さんにご馳走《ちそう》になりました。

その際、浅野さんが出した財布が僕と全く同じブランド、同じデザインの色違いだったのを見て、やっぱり学生時代に分かり合える可能性はあったのかもしれない、と思うのでした。

応援

インド映画『RRR』の評判がとても高く、観《み》たいなと思っていたのですが、なぜかやけに腰が重く、なかなか観に行くことができずにいました。

上映されてから日数も経《た》った先日、不意に欲求の高まりを感じた僕は、その気持ちを逃《のが》さぬように慌《あわ》てて予約をして映画館へ向かいました。

映画館に着いて、特に何も確認せずチケットを購入し劇場へ向かうと、入り口に小さな張り紙がされていて、女性たちが何やらその張り紙を確認しています。

何だろうと思いましたが、チラッと横目で文字を見たところ、「小太鼓《こだいこ》」「発声」「禁止」と書かれていたので、劇場内でのマナーが記されているのだと判断しました。

(小太鼓……?)

確かに小太鼓はどこの映画館でも禁止でしょうが、わざわざ記すようなものなのか……という疑問が浮かんだものの、自分の席に座り上映を待つことにします。

すると、劇場内の方々《ほうぼう》から「シャン……」「シャラン……」という金属音が聞こえてきます。

まるで、タンバリンの横の部分にある小さなシンバルが擦《こす》れ合うような音でした。

(……小太鼓だ!)

僕は慌てて周囲を見渡します。

すると、劇場内に座るお客さんの中で多くの人が、鞄《かばん》からタンバリンを取り出しているのです。それ以外にも、僕の後ろの女性は色とりどりのペンライトを握りしめていました。

(これは応援上映というやつなのでは……?)

僕は一度も体験したことがありませんでしたが、元々は海外の文化(『ロッキー・ホラー・ショー』)であったと記憶しています。

観客が俳優と一緒にセリフを喋《しゃべ》ったり、歌ったり踊ったりコスプレをしたりと、様々な手法で盛り上がるものだという認識です。

映画のシナリオは変わらないけれど、「頑張れー!」と登場人物を応援するから応援上映なのでしょう。児童向けのアニメ映画なども、子供たちが必死になって応援する箇所があるらしいので、そちらの文化も取り入れられているのかもしれません。

(しかし、発声は禁止なのでは……それでどうやって応援を?)

先ほど購入したチケットの半券を見ると、そこには「無言応援上映」の文字。

無言で応援とはいったいどういうことなのか。

僕は席を立ち、入り口にあった張り紙を再び見に行きます。

そこには無言応援上映に関するルールが記されていて、簡潔に言えば小太鼓やペンライトはOKで、発声やコスプレはNGとのことでした。

コロナ禍《か》でも応援上映を、と思案された結果、このような形が取られているのでしょう。


僕は軽くショックを受けていました。

なかなか観に来られなかったとはいえ、楽しみにしていた映画です。

初回は普通に観たかったと思うのは自然なことでしょう。

決して応援上映が悪いわけではありません。

何も確認せずチケットを購入した自分の問題です。


シャンシャンと金属音が鳴る劇場内に戻り、再び自分の席に腰を下ろしました。

普通の映画であれば一人でも問題ありませんが、応援上映は一人で楽しめるものなのでしょうか。周りを見渡すと、複数人で訪れているお客さんばかりです。

いったい何が始まるのか……ドキドキしながら開演時間を待ちました。

やがて劇場の明かりが消え、あたりが暗くなっていき——と思ったのもつかの間、劇場内のいたるところがぼんやりと光り始めました。

この『ＲＲＲ』は二人のキャラクターが主人公であり、それぞれ炎と水を表しているため、ペンライトも赤色と青色のものが灯《とも》されているようです。

事前準備もしっかりしているんだなあ、と感心しつつも、本来ならば暗がりであるはずの客席がチラチラと光っていることにどうしても違和感を感じてしまいます。

意識を映画に集中させていると、やがて一人の男が画面に映し出されました。

途端、「トントントントントントン！」と鳴り響くタンバリンの音色。

（絶対この人、重要な人だ……！）

ストーリーを知らなくても皆の反応で分かります。

ただ、インド映画は外連味《けれんみ》たっぷりのものが多いので、タンバリンがなくてもほとんど分かってしまうかもしれません。

そしてインド映画ではお馴染《なじ》みのダンスシーンが始まると、タンバリンの音は跳ね、ペンライトの光が飛び回り、ここぞとばかりの盛り上がりを見せるのでした。

初めのうちは（これは監督の演出意図を超えてしまっているのでは……）と感じていた僕ですが、気付けば劇場内に響くリズムに乗っていました。

応援上映の参加者も、適当に打ち鳴らしたり振り回しているわけでなく、必要な箇所は大いに盛り上げるし、そうでない場合は静かに見守っているという雰囲気《ふんいき》で、映画も応援上映も初めての僕にとって非常に好ましいものでした。

また、無言という形式であったのも、初心者にとっては良かったのかもしれません。いきなり「頑張れー！」とか「後ろに気を付けてー！」なんて声が聞こえてきたら、流石《さすが》にビックリしてしまいますし、初見の映画に集中できそうもありませんが、映画の音は通常より音量が大きく設定されているようですし、その中で皆が静かに音を鳴らしているという空間はなかなか心地よいものでした。

そして何より良かったのは、映画が終わったあとに皆が気兼ねなく映画に対して拍手を送っていることです。

『RRR』は素晴らしい映画でしたが、通常の映画館で拍手を送れたかというと、周りを気にしてしまい難しかったかもしれません。しかし、応援上映ではそもそも「音を出すのが普通」であるので、拍手をすることにハードルなんてないのです。映画に対し惜《お》しみのない拍手をすることができたのは、この『RRR』が初めてかもしれません。

初めはどうなることかと思っていた「無言応援上映」でしたが、終わってみれば良い体験ができたなと感じました。普通の「応援上映」が楽しめるかどうかはまだ分かりませんが、入門編にはぴったりの素敵な体験ができたと思います。

もし次回も「無言応援上映」に参加できるとなった場合は、タンバリンの一つでも持参しようかなと思うのでした。

トン
トン
トン
トン

ビジネスライク

二〇二三年現在、僕が所属しているゲーム実況グループ「三人称」は結成して十二年が経過しているわけですが、時折、「三人はそんなに仲良くなさそう」とか「ビジネスライクっぽく見える」とか言われることがあります。

確かに、僕らは四六時中一緒にゲームをしているわけでありませんし、連れ立ってどこかに出かけることもほとんどありません。出かけた先でご飯を一緒に食べたのはいつのことだったか、思い出すのも一苦労です。

こうやって書き連ねてみると、なるほど、そんなに仲良くなさそうです。

そして僕は「そんなことない！　僕たちは仲が良い！」と言いたいわけではありません。

毎日、何をするにも一緒に行動しているグループのほうが仲良さそうに見えますし、きっとそのグループを見ている人たちにとっても「美しきかな」と映るのだと思います。

それこそグループ結成以前や、結成後しばらくの間は、配信していようがしていまいが、ほぼ毎日のように同じゲームで遊んでいました。その当時であれば、誰の目からしても「仲

が良い」と映っていたことでしょう。

その時は僕らの中で一つのゲームだけが流行していましたし、そのゲームの動画だけを作り続けていたので、常に同じゲームで遊び続けていることが「活動」の一部分であったのは間違いありません。

しかし、「三人称」という集団として活動するようになってからは、一緒に遊ぶ回数も減っていきました。

そして今では、配信外では一緒に遊ぶことがほぼありません。

これは誰かが「もう遊びたくない……頻度《ひんど》を減らそう……」と言い出したわけではなく、また、関係が険悪になっていったわけでもなく、自然とそうなっていきました。

ずっと遊んでいたゲーム以外にも遊べる幅が増え、それぞれ好みの遊び方ができてきた、というのも大きな理由だとは思いますが、一番の理由は「楽な距離感」を見つけたからだと思います。

グループがグループたる所以《ゆえん》は「集合して活動しているから」ですが、時として「活動外でも集団でいること」を強要されることもあります。

僕らも最初のほうは手探り状態で、定期的に食事に行くべきなのか、どこかに出かける際は声をかけたほうがいいのか、などとあれこれ考えたものですが、最終的に現状の形に落ち着いたのは、「ある瞬間だけ集合したほうが関係を長く続けられそうだ」と感じたからに他なりません。

人にはそれぞれ「ここまではOKだけど、ここからは厳しい」というラインがあります。例えば、週に二回程度なら会ってもいいとか、毎日でもご飯に行くだけならいいとか、休日はできれば家で一人静かに過ごしたいとか。

それは人によってかなりまちまちで、そのラインの違いに気が付かないまま接し続けていると、窮屈《きゅうくつ》に感じられたり、苦手意識が芽生えたり、あるいはその人をうっとうしく感じてしまったりと関係が悪化することもあるでしょう。

学生時代の僕などはまさにそれで、同期の学生たちと毎夜楽しく過ごすことが正しい青春の謳歌《おうか》の形なのだ、という風潮の中で、ことあるごとに開催される飲み会の誘いを断れずにいました。

当時の僕の中ではおそらく二か月に一度くらいの参加がラインであったと思いますが、隔週《かくしゅう》くらいで開催されていたように思いますし、「その飲み会を断ったことで日々の会話について行けなくなるかも……」と感じてしまい、参加をしていました。

もともと僕はアルコールを嗜《たしな》まないタイプであったので、飲み会で平静を失っての失言や嘔吐《おうと》など、あまりいい酔い方をしてはいない同期たちの姿を冷めた目で見ることになったわけです。

そこで僕は酒の席での「無礼講《ぶれいこう》」という言葉が嫌いになりましたし、アルコールを飲んで酔っている人に警戒心を抱くようになりました。

また、飲み会が苦手というこの感情は今でも持ち続けていますが、それはあの学生時代の経験、自分のラインを見誤ったがための弊害《へいがい》でしょう。

その後から今までの中で、楽しい飲み会もたくさんあったはずなのに、当時抱いてしまった感情を塗《ぬ》り替えられていないのです。

自分のラインを意識して程よく参加ができていれば、マイナスな感情を持つまでにはなっていなかったと思います。

僕はそもそも集団で行動するのが苦手でありますし、また他メンバーも、かつてはグループに所属していたけれどそこから離れた人間であったりするので、そのラインの位置が似ていたのかもしれません。

あるいは他メンバーが僕に対して「この人はこのあたりがライン際っぽいから、それ以上は近づかないようにしよう」と考えてくれたのかもしれませんが、互いのラインを測っていくうちに、一番関係が長続きしそうだという現在の形に落ち着いたのでしょう。

なので、ビジネスライクだと言われても、「まあそうかもなあ～」と思う程度で、否定する気にはならないというのが正直なところなのです。

「効率の良い関係」「省エネ関係」などと記すとかなりドライな印象を持たれそうではありますが、僕らの距離感はまさにその状態なのかもしれません。

「最低限の関わりで最大限の力を発揮できる！」「エネルギー効率最高！」と言い換えれば、なんだか最先端な感じもしますので、今後誰かに「ビジネスライクですね」と言われた時には、そう説明しようかなと思います。

ゲームマーケット

二〇二〇年の秋、初めてゲームマーケットに足を運びました。

ゲームマーケットとは「電源を使用しないアナログゲーム」のイベントで、企業・個人を問わず作成された各種のボードゲームやカードゲームなどが全国から集まる大規模のイベントです。

僕は「三人称」というゲーム実況グループで、ボードゲームで遊ぶ動画を作成していますが、ボードゲームにはあまり詳しくなく、知り合いのＯ君（古い付き合いだけれどかなり年下）に勧められたゲームで遊んでいました。

普段からオンラインゲームなどで画面を通して遊んでいることが多い僕らですが、勧められたボードゲームで遊んでいくうちに、対面で遊ぶゲームの面白さに気付き、もっと色々なゲームを探したいという欲求から、ゲームマーケットに参加してみようと思いました。

ちなみにＯ君はゲームマーケットの常連であるようで、一回のイベントで三十個くらいゲ

ームを買い込んで帰ることもあったようです。そんなO君に会場での滞在時間やチケットの購入方法などを尋ねていたら、

「出会いに溢《あふ》れていると思うので、楽しんできてください！」

彼はそのやり取りの最後をこんな言葉で結びました。

十歳以上離れている彼に「卒業式で教え子を送り出す担任の先生」みたいな言い方をされたのは少し引っかかりましたが、色んなボードゲームに出会えるかもと期待に胸を膨《ふく》らませたものです。


イベント当日。一応、会場付近のコンビニで五万円ほど現金を引き出しておきました。O君のように何十個も買い込むことにはならないとは思いますが、備えはあったほうがよいと考えたからです。

そうして訪れたゲームマーケットですが、コロナ禍《か》ということもあり、だいぶ規模を縮小しての開催だったようで、客も入退場を時間で決められていました。

広い会場内には、企業が提供している大きなブースの他に、個人や小規模で作製されている小さなブースがたくさん並んでいます。

企業のブースに置かれているものは通信販売で購入できるものがほとんどですが、小さなブースで売られているものは、このゲームマーケットで初めて出展されたものが多く、つま

り現段階ではこの場でしか手に入らないものばかりでした。

僕の目当てもそういった小さなブースで売られているものになります。

まずはどんな雰囲気《ふんいき》なのかを探るため、僕は小さなブースがぎっしりと並んだスペースを歩いてみることにしました。

横並びにされた長机の一つ一つがブースとなっていて、そこにたくさんのゲームが並んでいます。目立つ看板や商品説明を置いて賑《にぎ》やかな店もあれば、ほぼ何の説明もない硬派な店、すでに売れてしまったのか、商品も出品者の姿も見えない店など様々でした。

一通り歩いてみて感じたことは、いったいどんなゲームなのか、通り過ぎながら見ただけでは理解できない、ということでした。

あるブースを通りかかった時、そのブースの出展者の人が声をかけてきました。

「このゲームのルールを説明しましょうか？」

突然の声がけに僕は一瞬フリーズしてしまい、「あ、お、お願いします」と頭を下げます。

一通りのルールを聞いたのですが、そのゲームは僕の好みではありませんでした。

となるとこのブースを離れなければならないのですが、無言で立ち去ることはできません。

「あ、あの……ありがとうございました。また、来ます」

僕はそう言って、そのブースを離れます。

もちろん、後で行くことはありません。

その場を離れるため、出展者を傷つけないように咄嗟《とっさ》に嘘《うそ》をついたのです。

（そうか、ゲームのルールを把握《はあく》するためにはこうしたやり取りが必要になるのか……）

そしてこれが、僕にとってかなりネックになるのでした。

僕は店員と話すのが苦手で、例えば服を買いに行った時も、極力店員には近づかないようにしていますし、向こうが近寄る仕草を見せたならば、すぐにその場を離れるように動いています。

自分が気になったものを自分のペースで見たい、という理由もあるのですが、勧められたものを断るのが何より苦手で、ここで断ってしまったら相手の気を悪くさせてしまうかも……と考えてしまうのです。

だから、そういった店に入る時はイヤホンをつけて「自分は音楽を聴いているので他の音は聞こえませんアピール」をしたりもしてみましたが、そんな僕に対してイヤホン越しに話しかけてくる剛《ごう》の店員もおり、そうなるとむしろイヤホンをしたままの自分が失礼に当たるのではないかと感じ、結局根負けしてイヤホンを外して話を聞く結果になったこともあります。

そして、過去には勧められるがままに不必要なものを購入してしまい、自宅に戻ってから後悔した経験もありました。

そんなことがあるので、現在の僕は直接店舗には行かず、ほぼ通信販売で洋服を購入しています。試着ができないので失敗することもありますが、あの攻防を繰り返さないですむのであれば多少「賭《か》け」になってしまうのは仕方がないという判断です。

しかし、このゲームマーケットに置かれている商品は、先述した通り通販で購入できないものも多々あり、そしてどんなルールのゲームなのか見ただけでは分からないので、僕も進んで出展者に接触する必要があるのです。

そうしてあたりを見渡してみると、出展者の話を熱心に聞いている客の姿がかなり多いことに気が付きました。

ボードゲームのルールは複雑なものも多いので、どんなゲームなのかを理解した上で購入する必要がありますが、そんなゲームのルールを一番把握しているのは製作関係者でもある出展者です。彼らに話を聞けば、どのようなゲームであるかの理解が確実に進みますし、実際にゲームをプレイしながら教えてくれるブースもあったりするほどでした。

ここで僕にある疑念が生まれました。

（ひょっとして、ボードゲームってかなりコミュニケーション力が必要なのでは……）

そもそもボードゲームは対面で行うものなので、ほぼ確実に会話が必要になります。誰かとやり取りをすることで、そのゲームが何倍も面白くなるのは自分も経験していたことでした。

僕はボードゲームを「三人称」のメンバーとしか遊んでこなかったので盲点だったのですが、いつも慣れ親しんだ人とばかり遊ぶのではなく、初めましての人と遊ぶこともあるでしょう。

また、ボードゲーム・カフェというものがあり、例えば一人でそのカフェに出かけて行って、見ず知らずの人とボードゲームに興じるという場もあるのです。

「見ず知らずの人と遊びを楽しむ」ことができる人ならば、「見ず知らずの店員と話す」ぐらい、何ら難しいことではないでしょう。

急に、周りの参加者たちがツワモノに見えてきました。

誰もが臆《おく》することなくゲームのルールを熱心に聞き、出展者と会話をしています。

(ひょっとすると、僕はこの会場の中で一番コミュニケーション力が低いのでは……)

ほんの少し前まで満ち溢れていたやる気はどこかに消え失《う》せていました。

出展者と会話をする、という前提で臨んでいればあるいは違ったかもしれませんが、その覚悟もなく今この時を迎えてしまったので、気持ちを作ることができなかったのです。

僕は結局、このイベントでボードゲームを一つも買うことができませんでした。

なんでそこまで……と驚かれる方もいらっしゃるかもしれませんが、この時の僕はいくらキーを回してもエンジンがかからない車みたいな状態で、一歩踏み出す勇気を出せなかったのです。

「出会いに溢れていると思うので、楽しんできてください！」

かなり年下のO君の言葉が頭の中に響きます。

軍資金としておろしたお金は一銭も使わないまま、僕はその会場をあとにしました。


と、ここまでが二〇二〇年秋頃の僕になりますが、あれから数年が経《た》ち、ゲームマーケットにも何度か参加した僕は、もういくつものボードゲームを購入することに成功しています。

まず第一に、「出展者との会話が発生するかもしれない」と理解したこと。このおかげで気持ちを作ることができたのが大きいです。第二に、会場の隅《すみ》に「新作ゲームの展示コーナー」が設けられていることに気づいたのも大きなことでした。

そちらは無人のコーナーなのですが、サンプルとして商品が置いてあったり、チラシが置かれたりしており、そこを眺《なが》めるだけで気になるボードゲームをあらかじめ把握することができるのです。

（このブースとこのブースに行って話を聞いてみる）

そういう心構えができるだけで、随分《ずいぶん》楽になりました。

相変わらず出展者の人と話すのは苦手ではありますが、「ありがとうございます」でその場を離れても特に怒られたりはしないようなので、基本的にはそれで対応しています。時に

「また来ます」と嘘をつくこともありますが……。

おかげでたくさんの楽しいボードゲームに出会うこともできましたし、ゲームマーケットに赴《おもむ》くのも年間の楽しみなイベントになっています。

何事も経験をして、人は強くなっていくのだなと思うのでした。

新作

あとがき

僕のエッセイ連載はずっと新型コロナウイルスと隣り合わせでしたが、このあとがきを書いている二〇二三年にはだいぶ規制も緩和されています。

今までは開催されることのなかった歓迎会や送別会、飲み会の数々が「お待たせしました」と復活し、それらのお誘いも増えたことでしょう。また、リモートワークが撤廃《てっぱい》され、出社することになった会社も多いと聞いています。この災禍《さいか》の中で「ぼっち」で過ごすことに慣れきってしまった方も多いでしょうし、中にはあの頃の日常が戻ってくることに怯《おび》えている人もいるかもしれません。

かく言う僕はどうなのかと言えば、コロナ禍以前より飲み会には誘われなくなっていた人生であったので、実はあまり変わっていません。

ただ、とても嬉《うれ》しくなることがありました。僕にしては珍しく、最近は音楽ライブの会場に足を運ぶ機会が増えたのですが、昨年訪れたライブでは声を出すことが禁じられており、観客は手拍子や体を揺らすことで感情の高ぶりを表していました。

個人的には、音楽はゆったりと鑑賞して声を上げることがないタイプなので、こんなライブもいいものだなと思ってはいたのですが、今年になって参加したライブ会場では皆が思い思いのタイミングで声を発することができ、ミュージシャンの呼びかけに応える観客の歓声や笑い声を聞いた時、「ようやく戻れてよかったなぁ」と感動してしまいました。

これから先も、恐らく世界は様々に形を変えていくのでしょうが、その中で「ぼっち」のあり様もまた変化していくものなのだと思います。おひとり様での行動が推奨《すいしょう》された時代から、別の過ごし方が推奨される時代がくるかもしれません。そんな中でも僕は「でも『ぼっち』な生き方もそう悪くはないものですよ」と口にしていきたいと思っていますし、今後もまだ体験できていない「ぼっち」を追求していきたいとも思っています。

この本の出版にあたり、前作に続き素敵なイラストを添えてくださった漫画家の山本さほさん、装丁を担当してくださった名和田耕平デザイン事務所の皆様、連載中に様々なアイディアとお土産《みやげ》のお味噌汁《みそしる》をくださったホーム社の佐々木康治さん、並びに編集部の皆様、そして、過去の体験をエッセイにすることを快く了承してくださっただけでなく、帯文まで寄せてくださった漫画家の浅野いにおさんに、この場をお借りして御礼申し上げます。

最後になりますが、連載中に応援してくださった皆様、そしてこの本を手に取ってくださった皆様に、厚く御礼申し上げます。

賽助

本書はホーム社文芸図書WEBサイト
「HB」(https://hb.homesha.co.jp/)の
連載「続　ところにより、ぼっち。」
(二〇二二年一〇月〜二〇二三年九月掲載)を
加筆・修正し、書き下ろし「応援」「ビジネスライク」
「ゲームマーケット」を加えたものです。

賽助（さいすけ）

作家。東京都出身、埼玉県さいたま市育ち。
大学にて演劇を専攻。
ゲーム実況グループ「三人称」のひとり、
「鉄塔」名義でも活動中。
著書に『はるなつふゆと七福神』
（第1回本のサナギ賞優秀賞）
『君と夏が、鉄塔の上』
『今日もぼっちです。』がある。

今日《きょう》もぼっちです。2

2023年7月30日　第1刷発行

著者　賽助《さいすけ》

発行人　清宮 徹

発行所　株式会社ホーム社
〒101-0051
東京都千代田区神田神保町3-29共同ビル
電話［編集部］03-5211-2966

発売元　株式会社集英社
〒101-8050
東京都千代田区一ツ橋2-5-10
電話［販売部］03-3230-6393（書店専用）
［読者係］03-3230-6080

本文組版　有限会社一企画

印刷所　大日本印刷株式会社

製本所　加藤製本株式会社

Kyou mo bocchi desu 2

ISBN978-4-8342-5374-0　C0095

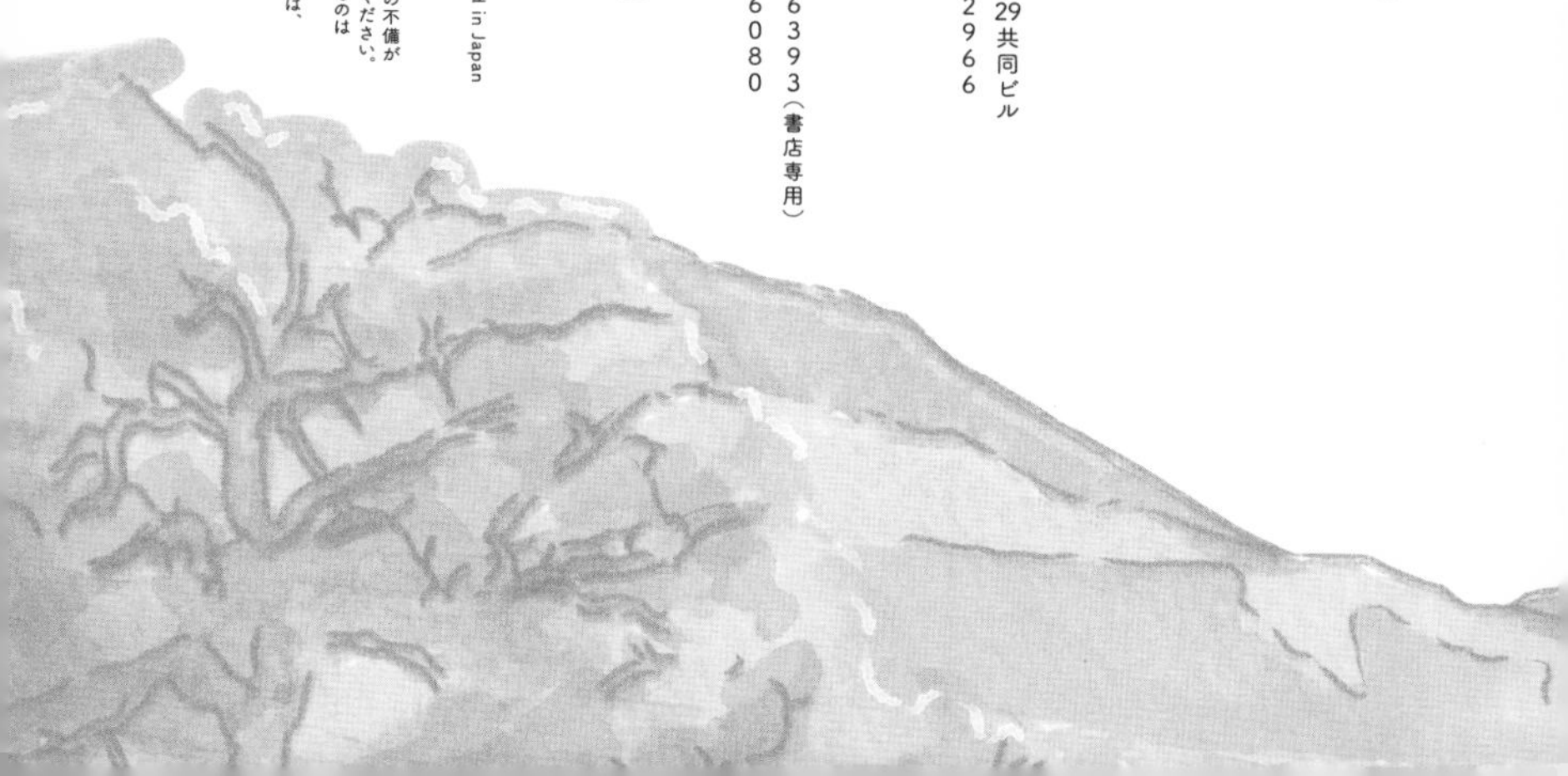